Winterliche Tea Time
mit Jane Austen

Mr. Darcy schickt Dir
alle Liebe, die er
von mir abzweigen kann.
Weihnachten müsst ihr alle
nach Pemberley kommen.
Deine Elizabeth

STOLZ & VORURTEIL

WINTERLICHE

Tea Time

MIT JANE AUSTEN

REZEPTE UND
ZITATE

JAN THORBECKE VERLAG

VERLAGSGRUPPE PATMOS

PATMOS
ESCHBACH
GRÜNEWALD
THORBECKE
SCHWABEN
VER SACRUM

Die Verlagsgruppe
mit Sinn für das Leben

MIX
Paper from responsible sources
FSC® C084698

Klimaneutral
Druckprodukt
ClimatePartner.com/14549-2003-1001

Für die Verlagsgruppe Patmos ist Nachhaltigkeit ein wichtiger Maßstab ihres Handelns. Wir achten daher auf den Einsatz umweltschonender Ressourcen und Materialien.

Verlagsgruppe Patmos in der Schwabenverlag AG, Ostfildern
www.thorbecke.de

Abbildungen: StockFood/Kowalczyk, Diana: Seite 15; StockFood/The Picture Pantry: Seite 16, 52, 109; StockFood/Candis Magazine/Benson, Terry: Seite 21; StockFood/Schütz, Anke: Seite 22; StockFood/Immediate Media/Olive: Seite 25, 39, 76, 97, 127, 130; StockFood/Mondadori Portfolio: Seite 28, 73, 89, 106; StockFood/Linsell, Samantha: Seite 31; StockFood/Eising Studio – Food Photo & Video: Seite 34; StockFood/Morgans, Gareth: Seite 40; StockFood/Laniak, Malgorzata: Seite 43; StockFood/Mondadori Portfolio/Giorgi, Stefania: Seite 46; StockFood/Avalos Flores, Maricruz: Seite 49; StockFood/Westermann, Jan-Peter: Seite 55; StockFood/Winkelmann, Bernhard: Seite 56; StockFood/Lorenčak, Miha: Seite 61, 92; StockFood/PhotoCuisine: Seite 62, 65; StockFood/Wischnewski, Jan: Seite 70, StockFood/Rob Fiocca Photography: Seite 79; StockFood/Bokmeier, Annalena: Seite 80; StockFood/News Life Media: Seite 85, 105; StockFood/Eva Hilden & Lena Söderström: Seite 86; StockFood/Kramp + Gölling: Seite 102; StockFood/Brooks-Dammann, Susan: Seite 110; StockFood/Hendey, Magdalena: Seite 113; StockFood/Jakutajc-Wojtalik, Anna: Seite 116; StockFood/Richards, Charlie: Seite 119; StockFood/Miltsova, Olga: Seite 120; StockFood/Profimedia: Seite 133; StockFood/Whitrow, Rob: Seite 134; mauritius images/Walker Art Library/Alamy: Seite 10; mauritius images/The Reading Room/Alamy: Seite 18, 67; mauritius images/Jonathan ORourke/Alamy: Seite 27; mauritius images/Gameover/Alamy: Seite 36; mauritius images/Pictorial Press Ltd/Alamy: Seite 37; mauritius images/Florilegius/Alamy: Seite 44; mauritius images/Memento: Seite 59; Biodiversity Heritage Library: Seite 12, 32, 68, 100, 124; übrige Abbildungen: Württembergische Landesbibliothek, Stuttgart.
Umschlagabbildung: Shutterstock/Anna_Pustynnikova
Übersetzungen der Zitate von Jane Austen: © Jan Thorbecke Verlag, Ostfildern
Rezepte: Stockfood Rezepte Service
Gestaltung: Finken & Bumiller, Stuttgart
Druck: PNB Print Ltd, Silakrogs
Hergestellt in Lettland
ISBN 978-3-7995-1519-1

REZEPT VOM COVER:

Englischer Früchtepudding

50 g Aprikosen klein schneiden und mit 50 g Rosinen, 50 g Korinthen, 50 g gehackten Mandeln, 50 g Vollkorn-Semmelbröseln, 50 g Zuckerrübensirup und 50 g Butter gut vermischen. 2 Eier und 2 EL Milch verrühren und mit etwas Zitronenschale und 1 Msp. Zimt würzen. Beide Massen miteinander vermengen.
5 kleine ofenfeste Förmchen gut ausfetten. Die Masse in die Förmchen füllen und gut festdrücken, mit Alufolie verschließen und im heißen Wasserbad bei kleiner Hitze 3–4 Stunden garen. Auskühlen lassen und vor dem Servieren mit Zuckerguss dekorieren.

Inhalt

Der Ballsaal

ERSTRAHLTE
IM SCHEIN ZAHLREICHER
KERZEN …

WINTERLICHE FESTLICHKEITEN ZUR ZEIT VON JANE AUSTEN

Elegant gekleidete Damen in bestickten Empire-Kleidern wirbeln mit ihren Partnern durch den Ballsaal, in dem das Gold der Dekorationen mit den Juwelen um die Wette strahlt. Am Rande der Tanzfläche stehen die Anstandsdamen und tuscheln untereinander, welches Paar den nun das schönste und welcher der stattlichen Herren nur auf der Suche nach einer reichen Erbin sei. So in etwa stellt man sich das gesellschaftliche Leben zur Zeit Jane Austens (1775–1817) vor, wozu mit Sicherheit auch die zahlreichen Verfilmungen ihrer sechs abgeschlossenen Romane „Verstand und Gefühl", Stolz und Vorurteil", „Mansfield Park" „Die Abtei von Northanger", „Überredung" und „Emma" beigetragen haben.

Das gesellschaftliche Leben fand damals vor allem im Winter und Frühling statt. Von Januar bis in späte Frühjahr hinein traf man sich in London oder Bath zur Saison, die neben dem Amüsement der feinen Gesellschaft vor allem dazu diente, die Debütantinnen auf dem Ehemarkt zu präsentieren. In „Verstand und Gefühl" reisen Elinor und Marianne beispielsweise auf Einladung der Nachbarin Mrs. Jennings zur Saison nach London.

Den Sommer verbrachte man im Normalfall auf dem Land, um sich auf dem eigenen Landsitz den Vergnügungen des Landlebens zu widmen, z.B. Ausflügen, kleineren Einladungen und Besuchen bei den gesellschaftlich akzeptablen Familien im näheren Umkreis, Spaziergängen oder eleganten Picknicks, wie etwa in „Emma" geschildert.

Sobald die kalte Jahreszeit einbrach, spätestens jedoch ab Anfang Dezember, begann die Zeit der winterlichen Freuden und Hausgesellschaften. Familien luden Gäste auf ihre Landsitze ein, um mit ihnen die Winter- und Weihnachtszeit zu verbringen. Da Reisen aufwändig und teuer waren, wurden die Aufenthalte in Wochen statt in Tagen gemessen und endeten meist erst mit der „Zwölften Nacht“ nach Weihnachten, dem 6. Januar. Die Kinder blieben oft zu Hause bei ihren Gouvernanten, verbrachten also die Weihnachtszeit nicht mit ihren Eltern. Während ihres Aufenthalts mussten die Gäste nicht in jeder Minute von der Gastgeberin unterhalten werden, sondern konnten die Annehmlichkeiten der jeweiligen Landsitze für sich nutzen. Die Männer beispielsweise gingen jagen oder fischen, spielten Billard, Schach oder Karten, diskutierten über Politik (was in der Gegenwart von Damen nicht erwünscht war) oder erfreuten sich an langen Ausritten. Die Damen hingegen verbrachten ihre Zeit mit Lesen, Handarbeiten und dem Austausch von Neuigkeiten und Stickmustern. Man traf sich tagsüber bei Gelegenheit zu gemeinsamen Ausflügen, Spaziergängen oder zum Schlittschuhfahren. Bei schlechtem Wetter standen eine Reihe an Gesellschaftsspielen wie „Blinde Kuh“ oder Bänderspiele zur Verfügung oder man bereitete gemeinsam ein Theaterstück vor. Beides bot den anwesenden jungen Leuten eine Gelegenheit zu Gesprächen und harmlosen Flirts. Besonders beliebt waren Scharaden, bei denen Wörter oder Silben gespielt und von den Zuschauern erraten werden mussten. Auch Jane Austen verfasste Scharaden, die im familiären Kreis für Unterhaltung an langen Winterabenden sorgten.

Zu den Mahlzeiten begegneten sich alle Gäste wieder. Nachmittags gegen drei oder vier Uhr traf man sich zum Dinner, für das man sich extra umkleidete. Diese halbformelle Dinnerkleidung trugen die Damen und Herren dann bis zum frühen Abend. Gegen halb sieben wurden Tee und leichtes Gebäck gereicht. Dies bildete den Auftakt der abendlichen Unterhaltung, und nicht selten gehen in Jane Austens Romanen das Servieren des Tees und das anschließende Kartenspiel ineinander über. Zu den beliebtesten Kartenspielen gehörten damals Whist, Quadrille und Casino. In „Verstand und Gefühl“ schildert Jane Austen einen solchen Abend in Gesellschaft:

Mrs. Palmer und zwei ältere Damen aus Mrs. Jennings' engerem Bekanntenkreis, die sie am Morgen getroffen und eingeladen hatte, speisten mit ihnen. Erstere verließ sie kurz nach dem Tee, um ihren abendlichen Verpflichtungen nachzukommen, und Elinors Hilfe war daher nötig, um den Whisttisch für die anderen zu vervollständigen. Marianne war bei diesen Gelegenheiten nicht zu gebrauchen, da sie sich weigerte, das Spiel zu lernen.

Am späteren Abend oder gar erst in der Nacht, z.B. nach der Rückkehr von einem Ball, konnte außerdem noch eine leichte Abendmahlzeit, das Supper, gereicht werden.

Überhaupt gehörten die Gaumenfreuden in der feinen Gesellschaft zu den Genüssen des Winters. Für die Dienerschaft bedeutete eine Hausgesellschaft einen immensen Arbeitsaufwand, benötigten die Speisen doch deutlich mehr Vorbereitung und Zubereitungszeit als heute. Tradition war es beispielsweise, dass die ganze Familie am fünften Sonntag vor Weihnachten zusammenkam, um gemeinsam den Plum Pudding zuzubereiten, damit dieser noch gut durchziehen konnte, bevor er an Weihnachten serviert wurde. Neben Suppen und Wildbret zum Dinner waren Gebäck und Kuchen als

Dessert oder zum Tee äußerst beliebt. Zu den typischen Gebäcksorten der Winterzeit gehörten Früchtekuchen und Shortbread, bei den Feierlichkeiten zur Zwölften Nacht wurden vor allem üppige Kuchen und Torten serviert.

Beliebt waren außerdem heiße Getränke wie Eggnog, Syllabub (eine Mischung aus Alkohol und Sahne) und Punsch, welcher damals ein teures und aufwändiges Getränk war, wurden doch Zitrusfrüchte, Alkohol, Zucker und verschiedene Gewürze dafür benötigt. Heiße Getränke halfen ebenso wie ein prasselndes Feuer, die Kälte der Winterzeit zu vertreiben. Heizungen gab es nicht, die Räume waren nicht alle mit Kaminen beheizt, die Kutschen waren zugig und die Damen trugen vor allem auf Bällen sommers wie winters die gleichen Roben. Kein Wunder also, dass den durchgefrorenen Gästen beim Eintreffen oftmals zunächst ein heißes Getränk oder eine heiße Suppe zum Aufwärmen gereicht wurden. Jane Austen schreibt am 25. Januar 1800 an ihre Schwester Cassandra:

Wie gefällt dir dieses kalte Wetter? Ich hoffe, dass ihr alle aufrichtig dafür gebetet habt – als eine gesunde Erleichterung von dem schrecklich milden und ungesunden Wetter davor – …, und dass ihr euch nun alle um das Feuer schart und euch beschwert, dass ihr niemals zuvor solch eine bittere Kälte gefühlt habt, dass ihr halb verhungert und fast erfroren seid und euch das milde Wetter von ganzem Herzen zurückwünscht.

Luxusartikel wie Teppiche zum Schutz vor kalten Füßen mussten in Jane Austens Familie pfleglich behandelt werden. Am 15. Juni 1808 schreibt sie an Cassandra:

Meine Mutter wird froh sein, dass die Größe des Teppichs perfekt passt. Er darf nicht vor dem Winter benutzt werden.

Je kälter es draußen war, desto mehr machte man es sich drinnen vor dem warmen Feuer gemütlich und widmete sich den Freuden der Jahreszeit. Winterliche oder weihnachtliche Dekorationen und das Verteilen von Geschenken spielten bei den Festivitäten der Saison eher eine untergeordnete Rolle. Traditionell dekorierte man am Weihnachtsabend mit Stechpalme, Efeu, Immergrün, Rosmarin und Christrosen und hängte mit hübschen Bändern verzierte Mistelzweige auf. Weihnachtsbäume waren zu Jane Austens Zeit nicht üblich. Die Dekorationen mussten zur Zwölften Nacht entfernt werden, da dies sonst Unglück bringen sollte. Geschenke, z.B. Münzen, abgelegte Kleidung oder Lebensmittel, wurden vor allem Dienstboten und denen, die es nötig hatten, gegeben. Untereinander schenkte man sich eher persönliche Kleinigkeiten wie bestickte Taschentücher, kleine Schmuckstücke oder hübsch verzierte Schachteln, wobei Männer und Frauen sich gegenseitig nur etwas schenken durften, wenn sie verwandt oder verheiratet waren.

Den Höhepunkt der weihnachtlichen Festlichkeiten bildete der Ball zur „Zwölften Nacht“. Je nach Geschmack der Gastgeberin konnte er als normaler Ball, als Kostümball oder als Familienball mit Kindern gestaltet werden. Doch auch an anderen Tagen rund um die Weihnachtszeit konnten Bälle stattfinden. Auf privaten Bällen galten alle Gäste automatisch als einander

vorgestellt, das heißt, jeder Herr konnte jede Dame um einen Tanz bitten, und auch Damen konnten miteinander tanzen, wenn es einen Überschuss an Damen gab – auch wenn eine gute Gastgeberin dies natürlich zu vermeiden versuchte. Versäumte ein Herr es, ausreichend Damen aufzufordern, so galt dies als ein Affront gegen alle anwesenden Gäste. Kein Wunder also, dass Elizabeth in „Stolz und Vorurteil" so verärgert auf Mr. Darcys „Tanzunlust" reagiert.

Eine Dame konnte ihre Tanzbereitschaft signalisieren, indem sie ihren Kleidersaum nach oben raffte. Eine Bitte um einen Tanz konnte sie nur ablehnen, wenn sie im Anschluss für den ganzen restlichen Abend auf das Tanzen verzichtete. Mehr als zwei Tänze mit demselben Partner waren nicht möglich, wenn die Dame ihren guten Ruf bewahren wollte. Und bereits zwei Tänze mit demselben Partner ließen die Zungen der Klatschtanten nicht stillstehen, signalisierte dies doch ein tiefer gehendes Interesse des betreffenden Gentlemans. Zwei Tänze bedeuteten, dass beide Partner einen langen Zeitraum miteinander verbrachten, denn ein einzelner Tanz – beliebt waren z.B. Reels, der Kotillon und die Quadrille – bestand meist aus mehreren Sets und konnte sich durchaus bis zu einer Stunde hinziehen. Bei großen Bällen mussten die Paare oft auch herumstehen und warten, bis andere Paare ihre Figuren beendet hatten, bevor sie selbst wieder an der Reihe waren – so ergaben sich viele Gelegenheiten für ein privates Gespräch oder einen kleinen Flirt direkt unter den Augen der Gesellschaft.

Jane Austen beschreibt einen solchen Ball in ihrem Brief vom 24. Dezember 1798 an ihre Schwester Cassandra:

Unser Ball war spärlich besucht, aber in keinster Weise unangenehm. Es waren nur einunddreißig Personen im Saal, darunter nur elf Damen und davon nicht mehr als fünf unverheiratete. … Es gab zwanzig Tänze und ich habe alle ohne jegliche Ermüdungserscheinungen getanzt. Ich war froh festzustellen, dass ich so viel tanzen kann, und das mit so viel Freude; von meinen wenigen Besuchen der Ashford-Bälle … hatte ich das nicht von mir erwartet, doch in kaltem Wetter und mit wenigen Paaren kommt es mir vor, als könnte ich genauso eine ganze Woche lang tanzen wie eine halbe Stunde. Meine schwarze Haube wurde offen von Mrs. Lefroy bewundert, und heimlich, wie ich denke, von jedem anderen im Saal.

Wie herrlich ist es doch, sich bei diesen Beschreibungen die winterlichen Freuden und Festlichkeiten zu Jane Austens Zeit vorzustellen (und dabei die kalten und zugigen Räumlichkeiten zu vergessen). Genießen Sie mit diesem Buch Ihre gedankliche Reise in die Zeit von Jane Austen und träumen Sie von winterlichen Bällen und einer köstlichen Tea Time vor dem Kamin!

SÜẞE

Kleinigkeiten

HERZFÖRMIGE Datteltrüffel

ZUBEREITUNGSZEIT: CA. 25 MINUTEN — **KÜHLZEIT:** CA. 6 STUNDEN
SCHWIERIGKEITSGRAD: LEICHT

ZUTATEN
FÜR CA. 15 STÜCK

Für die Trüffel
150 g Medjool-Datteln
150 g Mandelkerne
50 g Cashewkerne
1 EL Mandelmus
ca. 1 EL flüssiges Kokosöl + etwas zum Bestreichen
Mark von ½ Vanilleschote
150 g Ruby-Kuvertüre-Chips

Außerdem
Silikonmatte mit Herzformen

1. Die Datteln entsteinen und fein hacken. Die Mandel- und Cashewkerne im Mixer pulvrig zerkleinern. Die Datteln zufügen und alles in mehreren Intervallen untermixen, dabei das Mandelmus, das Kokosöl und das Vanillemark zufügen. Alles zu einer formbaren Masse verarbeiten, bei Bedarf noch etwas Wasser einarbeiten.
2. Aus der Masse ca. 15 Portionen teilen. Die Vertiefungen einer Herzsilikonmatte nach Belieben mit Kokosöl ausstreichen und jeweils 1 Portion in die Vertiefung drücken. Die Masse ca. 6 Stunden kühl stellen.
3. Die Ruby-Kuvertüre über einem heißen Wasserbad schmelzen. Die Herzen aus der Form lösen, auf ein Kuchengitter setzen (Backpapier unterlegen) und mit der rosa Kuvertüre überziehen, so dass diese seitlich herabläuft. Die Kuvertüre fest werden lassen und die Datteltrüffel servieren.

SANDWICH-Cookies MIT PASSIONSFRUCHTCREME

ZUBEREITUNGSZEIT CA. 45 MINUTEN
BACKZEIT: CA. 15 MINUTEN — **KÜHLZEIT:** CA. 30 MINUTEN
SCHWIERIGKEITSGRAD MITTEL

ZUTATEN
FÜR CA. 12 STÜCK

Für die Cookies
120 g weiche Butter
100 g Zucker
2 EL Vanillezucker
1 Ei
250 g Mehl
1 TL Backpulver
100 g kleine Schokotropfen zum Backen

Für die Füllung
120 g Frischkäse, gut abgetropft, Zimmertemperatur
50 g weiche Butter
120 g Zucker
1 Passionsfrucht

1. Den Backofen auf 180 °C Ober-/Unterhitze vorheizen. Ein Backblech mit Backpapier auslegen.
2. Die Butter mit dem Zucker und dem Vanillezucker schaumig rühren. Das Ei untermischen. Das Mehl und das Backpulver vermischen, hinzufügen und alles zu einem glatten Teig verrühren. Die Schokotropfen unterziehen. Etwa 30 Minuten kaltstellen.
3. Mit Hilfe eines Teelöffels kleine Teig-Häufchen auf das Backblech setzen (etwa 5 cm Abstand lassen) und ca. 15 Minuten backen. Auf dem Backblech 5 Minuten abkühlen lassen, dann auf einem Kuchengitter auskühlen lassen.
4. Für die Creme den Frischkäse mit der Butter und dem Zucker cremig aufschlagen. Nach Bedarf kaltstellen. Die Passionsfrucht halbieren und das Mark samt Kernen ausschaben. Unter eine Hälfte der Creme rühren. Die übrige Creme auf die Unterseite der Hälfte der Cookies streichen. Mit der Passionsfruchtcreme bedecken und jeweils einen zweiten Keks auflegen.

Es tut mir leid zu hören, dass meine Mutter krank war, und ich fürchte, dieses *hervorragende Wetter* ist zu gut, um ihr wohlzutun. Ich aber genieße es am ganzen Körper, von Kopf bis Fuß, von rechts nach links, senkrecht, waagerecht, diagonal, und ich kann nicht umhin, selbstsüchtig zu hoffen, *dass es uns bis Weihnachten erhalten bleibt* – angenehmes, ungesundes, nicht der Jahreszeit entsprechendes, entspannendes, schwüles, schmuddeliges Wetter!

JANE AUSTEN AN IHRE SCHWESTER CASSANDRA,
2. DEZEMBER 1815

Gestern war ein sehr ereignisreicher Tag für mich: Mary fuhr mich in strömendem Regen nach Basingstoke und in noch strömenderem Regen zurück ..., und bald nach unserer Rückkehr nach Deane brachte uns eine plötzliche Einladung und eine Privatkutsche nach Ashe Park, um tête-à-tête mit Mr. Holder, Mr. Gauntlet und James Digweed zu dinieren, doch unser Tête-à-tête wurde grausamerweise durch das Nicht-Erscheinen der beiden Letzteren geschmälert. Wir hatten einen sehr ruhigen Abend. Ich glaube, Mary fand ihn langweilig, doch ich fand ihn sehr angenehm. *Müßig neben einem guten Kaminfeuer in einem Raum von angenehmer Größe zu sitzen, ist ein luxuriöses Gefühl.*
Manchmal haben wir uns unterhalten und manchmal geschwiegen.

JANE AUSTEN AN IHRE SCHWESTER CASSANDRA,
8. NOVEMBER 1800

SCHOKOLADEN-Shortbread

ZUBEREITUNGSZEIT: CA. 40 MINUTEN — **KÜHLZEIT:** CA. 1 STUNDE
BACKZEIT: CA. 15 MINUTEN — **SCHWIERIGKEITSGRAD:** LEICHT

ZUTATEN
FÜR CA. 10 STÜCK

Für den Teig
225 g Mehl
3 EL Kakaopulver
150 g Zucker
180 g kalte Butter
1 Prise Salz

Zum Fertigstellen
150 g Himbeeren
150 g kleine Erdbeeren
150 ml Sahne
3 TL Vanillezucker
Kakaopulver zum Besieben
Schokoröllchen zum Bestreuen

Außerdem
Herzausstecher (8–10 cm)

1. Das Mehl mit dem Kakaopulver in eine Rührschüssel sieben. Den Zucker, die Butter in Stücken und 1 Prise Salz zufügen und alles mit dem Knethaken der Küchenmaschine bröselig zerkleinern, dann mit den Händen zu einem glatten Teig verkneten. Den Teig zu einer Kugel formen, in Frischhaltefolie wickeln und ca. 1 Stunde kaltstellen.
2. Den Backofen auf 180 °C Ober-/Unterhitze vorheizen. Ein Backblech mit Backpapier auslegen. Den Teig 5–6 mm dick ausrollen und mit einem Herzausstecher 18–20 Herzen ausstechen. Diese auf das vorbereitete Blech legen und im Ofen 12–15 Minuten backen. Herausnehmen, kurz abkühlen und anschließend auf Kuchengittern auskühlen lassen.
3. Zum Fertigstellen die Himbeeren verlesen, waschen und trocken tupfen. Die Erdbeeren waschen, putzen und längs halbieren. Die Sahne mit dem Vanillezucker steif schlagen. Die Herzen mit Kakaopulver besieben. Die Hälfte der Herzen auf eine Platte setzen, mit 2–3 EL Sahne toppen und die Beeren darauf verteilen. Die übrigen Herzen als Deckel schräg anlegen, alles nochmals leicht mit Kakaopulver besieben und mit Schokoröllchen bestreut servieren.

KLEINE MANDEL-CHIA-Gugelhupfe MIT ERDBEERPÜREE

ZUBEREITUNGSZEIT: CA. 35 MINUTEN — **BACKZEIT:** CA. 25 MINUTEN
SCHWIERIGKEITSGRAD: LEICHT

ZUTATEN
FÜR CA. 12 STÜCK

Für die Gugelhupfe
100 g Butter + etwas für die Förmchen
1 EL Vanille-Essenz
60 g Zucker oder Birkenzucker + etwas nach Bedarf für die Erdbeeren
5 Eier
150 g Quark
1 EL Chiasamen
100 g Leinsamenmehl
1 Pck. Backpulver
125 g Mandelmehl + etwas für die Förmchen
250 g Erdbeeren
1–2 EL Zitronensaft
Puderzucker zum Bestäuben

Außerdem
Mini-Gugelhupfformen

1. Den Backofen auf 180 °C Ober-/Unterhitze vorheizen. Die Mini-Gugelhupfformen gründlich einfetten und mit Mandelmehl ausstreuen (Silikonformen müssen Sie nicht ausfetten und ausstreuen).
2. Die Butter mit der Vanille-Essenz und dem Zucker cremig rühren. Nach und nach die Eier unterschlagen, bis eine schöne Schaummasse entsteht. Den Quark und die Chiasamen unterziehen. Das Leinsamenmehl mit dem Backpulver mischen, daraufsieben und mit dem Mandelmehl ebenfalls unterziehen. Den Teig in die vorbereiteten Förmchen geben, glattstreichen und die Gugelhupfe im heißen Ofen auf der mittleren Schiene 20–25 Minuten backen (Stäbchenprobe). Aus dem Ofen nehmen und in der Form etwas abkühlen lassen, dann aus den Förmchen auf ein Gitter stürzen und vollständig auskühlen lassen.
3. Die Erdbeeren waschen, putzen und mit dem Zitronensaft fein pürieren. Nach Geschmack mit Zucker süßen. Die Gugelhupfe mit dem Erdbeerpüree füllen und mit Puderzucker bestäubt servieren.

MINI-Bananenbrot MIT DULCE DE LECHE

ZUBEREITUNGSZEIT: CA. 45 MINUTEN — **BACKZEIT:** CA. 20 MINUTEN
SCHWIERIGKEITSGRAD: MITTEL

ZUTATEN
FÜR CA. 8 STÜCK

Für den Teig
Pflanzenöl und Mehl für die Formen
150 g Weizenvollkornmehl
100 g Dinkelvollkornmehl
70 g Zucker
2 EL Vanillezucker
1 Prise Salz
2 TL Backpulver
½ TL Zimtpulver
1 TL unbehandelter Zitronenabrieb
2 Bananen (gerne überreif)
2 TL Zitronensaft
2 Eier
100 ml Pflanzenöl

Für die Garnitur
150 g Dulce de Leche aus dem Glas
100 g Frischkäse
50 g getrocknete Bananenscheiben

Außerdem
8 kleine Kastenformen (ca. 6 cm lang) oder Backmatte mit kleinen Balken, z.B. für Financiers

1. Den Backofen auf 175 °C Ober-/Unterhitze vorheizen. Die Kastenformen oder die Backmatte mit Öl fetten und mit Mehl ausstreuen. Beide Mehle mit dem Zucker, dem Vanillezucker, dem Salz, dem Backpulver, dem Zimt und dem Zitronenabrieb vermischen.
2. Die Bananen schälen und mit dem Zitronensaft fein pürieren, dann die Eier und das Öl unterrühren. Die Bananenmischung zur Mehlmischung geben, alles gut vermengen und glattrühren. Den Teig in die vorbereiteten Förmchen füllen. Die Mini-Bananenbrote im Ofen ca. 20 Minuten backen (Stäbchenprobe machen). Herausnehmen, etwas abkühlen lassen, aus den Formen stürzen und auf einem Gitter auskühlen lassen.
3. Die Dulce de Leche mit dem Frischkäse glatt verrühren und in einem Spritzbeutel mit Sterntülle kaltstellen, bis die Masse gut durchgekühlt ist. Auf die vollständig ausgekühlten Küchlein dressieren und mit den Bananenscheiben garnieren.

Das Ostzimmer, wie es genannt wurde, seit Maria Bertram sechzehn war, wurde nun als fast genauso unbestritten wie die weiße Bodenkammer als Fannys Raum betrachtet: Die Winzigkeit des einen Zimmers ließ die Verwendung des anderen Zimmers als so vernünftig erscheinen, dass die Miss Bertrams zugestimmt hatten, besaßen doch ihre eigenen Räume die Überlegenheit, die ihr eigenes Gefühl der Überlegenheit verlangte. Und Mrs. Norris, die bestimmt hatte, *dass dort niemals nur um Fannys willen ein Feuer brennen dürfte,* fand sich einigermaßen damit ab, dass diese nutzte, was niemand sonst wollte, auch wenn die Worte, mit denen sie manchmal von diesem Entgegenkommen sprach, andeuteten, dass es sich um das beste Zimmer des Hauses handelte.

Seine Lage war so günstig, dass es auch ohne Feuer an vielen Morgen im frühen Frühjahr und späten Herbst für jemand so anspruchslosen wie Fanny bewohnbar war, und solange auch nur ein einziger Sonnenstrahl schien, *hoffte sie, selbst im Winter nicht ganz daraus vertrieben zu werden.* In ihren freien Stunden empfand sie es als äußerst behaglich. Sie konnte nach jedem unerfreulichen Ereignis unten dorthin gehen und unmittelbaren Trost in einer Beschäftigung oder ihren Gedanken finden. Ihre Pflanzen, ihre Bücher, die sie sammelte seit dem ersten Moment, in dem sie einen Schilling zur Verfügung hatte, ihr Schreibtisch, und ihre Handarbeiten, die der Wohltätigkeit oder ihrer Kreativität dienten, waren alle in Reichweite, oder wenn sie keine Lust zu arbeiten hatte und nur ihren Gedanken nachhängen wollte, so gab es in diesem Raum kaum einen Gegenstand, mit dem nicht eine interessante Erinnerung verbunden war.

MANSFIELD PARK

GEBACKENE Apfelringe

ZUBEREITUNGSZEIT: CA. 40 MINUTEN — **RUHEZEIT**: CA. 1 STUNDE
GARZEIT: CA. 20 MINUTEN — **SCHWIERIGKEITSGRAD**: MITTEL

ZUTATEN
FÜR 4–6 PERSONEN

ca. 500 g Mehl + etwas zum Arbeiten
2 Prisen Salz
2 Eigelb
1 Würfel Hefe (42 g)
ca. 190 ml lauwarme Milch
60 g Zucker
Abrieb und Saft einer Bio-Zitrone
2 Äpfel
6 Löffelbiskuits
2 EL Karamellcreme aus dem Glas
Honig bei Bedarf
Pflanzenöl zum Ausbacken
Puderzucker zum Bestäuben

1. Das Mehl mit dem Salz mischen, in eine Schüssel sieben, in der Mitte eine Mulde eindrücken und die verrührten Eigelbe zufügen. Die Hefe in die lauwarme Milch bröckeln und mit 1 EL Zucker glattrühren. Die Hefemilch zum Mehl geben und mit dem übrigen Zucker und dem Zitronenabrieb zu einem glatten Teig verrühren. Bei Bedarf noch etwas Mehl oder Milch einarbeiten. Den Teig zur Kugel formen, mittig kreuzweise einschneiden und zugedeckt an einem warmen Ort ca. 1 Stunde gehen lassen.
2. Inzwischen die Äpfel schälen, mit einer Küchenreibe grob raspeln, in eine Schüssel geben und mit 2 EL Zitronensaft vermengen. Die Löffelbiskuits fein zerbröseln, mit der Karamellcreme zufügen und alles gut vermengen. Die Apfelmasse abschmecken und ggf. mit Honig noch etwas süßen.
3. Den Teig auf einer leicht bemehlten Arbeitsfläche dünn ausrollen und in Rechtecke (ca. 6 × 8 cm) schneiden. Jeweils 1 TL der Apfelfüllung daraufgeben, die Rechtecke zu Dreiecken zusammenklappen und zu Ringen formen. In einem Topf reichlich Öl erhitzen. Die Ringe darin portionsweise unter Wenden in 4–5 Minuten goldbraun frittieren. Die Apfelringe mit dem Schaumlöffel herausheben, kurz auf Küchenpapier entfetten und in einer Schale anrichten. Mit Puderzucker bestäuben.

KLEINE Hot Puddings

ZUBEREITUNGSZEIT: CA. 30 MINUTEN — **WARTEZEIT:** CA. 20 MINUTEN
BACKZEIT: CA. 35 MINUTEN — **SCHWIERIGKEITSGRAD:** LEICHT

ZUTATEN
FÜR 6–8 PERSONEN

Für die Hot Puddings
50 g getrocknete Cranberrys
1 Ei
300 g Zucker
1 EL flüssige Orangenkonfitüre, passiert
Abrieb und Saft einer Bio-Orange
140 g Mehl + etwas für die Förmchen
1 ½ TL Backpulver
1 Prise Salz
240 ml Milch
1 EL flüssige Butter + etwas für die Förmchen
1 TL Weißweinessig
1 EL fein gehackter kandierter Ingwer
120 ml Sahne
75 g Butter

Außerdem
6–8 Mini-Gugelhupfförmchen (ca. 9,5 cm Durchmesser)

1. Die Cranberrys mit kochend heißem Wasser übergießen und ca. 20 Minuten einweichen. Anschließend abgießen und abkühlen lassen.
2. Den Backofen auf 180 °C Ober-/Unterhitze vorheizen. Das Ei mit 200 g Zucker schaumig rühren, die Konfitüre und den Orangenabrieb untermengen und alles noch ca. 5 Minuten weiterschlagen.
3. Das Mehl mit dem Backpulver und dem Salz in eine Schüssel sieben. Die Mehlmischung abwechselnd mit der Milch unter die Ei-Zucker-Masse rühren. Die flüssige Butter mit dem Essig untermengen. Zum Schluss den kandierten Ingwer untermischen.
4. Dann die Mini-Gugelhupfförmchen mit Butter ausstreichen und mit Mehl ausstreuen. Den Teig in die Förmchen verteilen, jeweils ein paar Cranberrys darauflegen und leicht eindrücken. Die Puddings in 30–40 Minuten goldbraun backen.
5. Inzwischen die Sahne mit der Butter und den übrigen 100 g Zucker in einer Kasserolle schmelzen. Den Orangensaft zufügen, alles gut verrühren, die Sauce kurz köcheln lassen und warmhalten. Die Puddings vorsichtig aus den Förmchen lösen und auf eine Platte setzen. Wiederholt mit etwas Orangensauce übergießen und servieren.

Törtchen
UND KLEINES
Gebäck

PEKANNUSS-Shortbread

ZUBEREITUNGSZEIT: CA. 30 MINUTEN — **KÜHLZEIT:** CA. 20 MINUTEN
BACKZEIT: CA. 1 STUNDE — **SCHWIERIGKEITSGRAD:** LEICHT

ZUTATEN
FÜR 14–16 STÜCKE

Für das Shortbread
100 g Pekannüsse
250 g Mehl
85 g Puderzucker + etwas zum Bestäuben
1 TL Salz
225 g Butter + etwas für die Form

Außerdem
1 Tarteform mit ca. 24 cm Durchmesser

1. Die Pekannüsse in einer Pfanne ohne Fett rösten. Auskühlen lassen und fein hacken. Mit dem Mehl, dem Puderzucker und dem Salz vermengen. Die Butter cremig schlagen und nach und nach die Mehl-Nussmischung unterkneten.
2. Den Ofen auf 150 °C Ober-/Unterhitze vorheizen. Eine Tarteform (am besten mit herausnehmbarem Boden) ausbuttern.
3. Den Teig in die Form geben und gleichmäßig flach drücken. Mit Frischhaltefolie abgedeckt ca. 20 Minuten kaltstellen.
4. Den Teig mit einem Messer in 14–16 Stücke teilen. Im Abstand von etwa 0,5 cm mit einem Holzstäbchen einstechen und im Ofen auf mittlerer Schiene etwa 1 Stunde goldbraun backen.
5. Die Backform auf ein Kuchengitter stellen und die Kuchenstücke nochmal nachschneiden. Anschließend auskühlen lassen, mit Puderzucker bestäuben und aus der Form lösen.

Wir essen jetzt um halb vier und haben das Dinner vermutlich beendet, bevor ihr damit beginnt. *Wir trinken Tee um halb sieben.* Ich befürchte, du verachtest uns. Mein Vater liest uns am Abend Cowper vor, und ich höre zu, wenn ich kann.
Wie verbringt Ihr Eure Abende? Ich vermute, Elizabeth handarbeitet, Du liest ihr dabei vor, und Edward schläft ein.

JANE AUSTEN AN IHRE SCHWESTER CASSANDRA,
18. DEZEMBER 1798

Sir John kam niemals zu den Dashwoods, ohne sie *zum Dinner am nächsten Tag in Barton Park oder am selben Abend zum Tee* zu bitten. Diesmal beabsichtigte er, sie zu beidem einzuladen, um der besseren Unterhaltung ihres Besuchers willen, zu dessen Vergnügen beizutragen er sich bemüßigt fühlte.

„Sie müssen heute Abend mit uns Tee trinken", sagte er, „denn wir werden ganz allein sein – und morgen müssen Sie unbedingt mit uns dinieren, denn wir werden eine große Gesellschaft sein."

VERSTAND UND GEFÜHL

HEIDELBEER-Scones

ZUBEREITUNGSZEIT: CA. 25 MINUTEN — **BACK- UND GARZEIT:** CA. 20 MINUTEN
SCHWIERIGKEITSGRAD: LEICHT

ZUTATEN
FÜR 10–12 STÜCK

350 g Heidelbeeren (TK)
3 EL brauner Zucker
Speisestärke nach Bedarf
150 g Weizenmehl, Type 1050
+ etwas zum Arbeiten
100 g Weizenvollkornmehl
3 TL Backpulver
50 g Zucker
½ TL Salz
50 g weiche Butter in Stücken
100 g saure Sahne
ca. 60 ml Milch
350 g Schmand

1. Die Heidelbeeren gefroren in einem Topf zusammen mit dem braunen Zucker aufkochen. Für 1–2 Minuten köcheln lassen, dann mit in wenig Wasser gelöster Speisestärke sämig binden. Abkühlen lassen und kaltstellen.
2. Den Backofen auf 220 °C Ober-/Unterhitze vorheizen.
3. Das Mehl mit dem Vollkornmehl, dem Backpulver, dem Zucker, dem Salz, der Butter und der sauren Sahne verkneten. So viel Milch unterkneten, dass der Teig geschmeidig wird und gut zu kneten ist. Nur so lange wie nötig kneten. Anschließend den Teig auf einer bemehlten Arbeitsfläche etwa 1,5 cm dick ausrollen und z.B. mit einem Glas 10–12 Kreise ausstechen (ca. 6 cm Durchmesser). Auf ein mit Backpapier belegtes Backblech legen und im Ofen in 12–15 Minuten goldbraun backen. Vom Blech nehmen und auf einem Kuchengitter auskühlen lassen.
4. Nach dem Abkühlen waagerecht halbieren, die Unterseiten mit dem Schmand bestreichen, das Heidelbeer-Kompott darauf verteilen und die Shortcakes wieder zusammensetzen. Sofort servieren.

KLEINE VANILLE-KARAMELL-Cheesecakes

ZUBEREITUNGSZEIT: CA. 1 STUNDE
KÜHLZEIT: MINDESTENS 4 STUNDEN — **SCHWIERIGKEITSGRAD**: MITTEL

ZUTATEN
FÜR 6 STÜCK

Für die Cheesecakes
weiche Butter zum Fetten der Dessertringe
150 g Schokokekse
1 EL Kakaopulver
75 g flüssige Butter
6 Blatt Gelatine
½ Bio-Zitrone
400 ml Sahne
250 g Frischkäse
75 g Zucker
Mark einer Vanilleschote

Für das Karamell
80 g Zucker
200 ml Sahne

Außerdem
6 Dessertringe (ca. 8 cm Durchmesser)

1. Die Dessertringe auf eine Platte mit Backpapier stellen und mit Butter auspinseln. Die Kekse fein mahlen, das Kakaopulver und die Butter untermengen und die Masse gleichmäßig auf die Ringe verteilen. Glatt streichen und in den Kühlschrank stellen.
2. Die Gelatine in kaltem Wasser einweichen. Die Zitrone heiß waschen, trocken tupfen, die Schale abreiben und den Saft auspressen. Die Sahne cremig schlagen. Den Frischkäse mit dem Zitronenabrieb, 2 EL Zitronensaft, dem Zucker und dem Vanillemark cremig rühren. Die Sahne unterziehen. Die Gelatine ausdrücken und in einem heißen Topf schmelzen lassen. Von der Hitze nehmen, 2–3 EL der Creme einrühren und die Gelatine dann unter die übrige Creme mischen. Die Masse in die Förmchen füllen und mindestens 4 Stunden kaltstellen.
3. Für das Karamell den Zucker mit 3–4 EL Wasser verrührt schmelzen und dunkel-goldbraun karamellisieren lassen. Von der Hitze nehmen und vorsichtig die Sahne eingießen. Unter Rühren leicht dicklich einköcheln lassen. Vom Herd nehmen und abkühlen lassen. Zum Servieren die Törtchen aus den Ringen lösen und mit etwas Karamellsauce beträufelt servieren.

KÜRBIS-Käsekuchen

ZUBEREITUNGSZEIT: CA. 35 MINUTEN — **BACK- UND GARZEIT**: CA. 1 STUNDE 10 MINUTEN
KÜHLZEIT: CA. 30 MINUTEN — **SCHWIERIGKEITSGRAD**: LEICHT

ZUTATEN
FÜR 10–12 STÜCK

Für den Teig
100 g Mehl + etwas zum Arbeiten
50 g gemahlene Walnüsse
1 EL Kakao
75 g Butter
1 Eigelb
1 Prise Salz
2 EL Zucker

Für den Belag
400 g Muskatkürbisfruchtfleisch
4 Eier
100 g Zucker
½ TL Zimtpulver
100 g weiche Butter
500 g Quark
2 EL Speisestärke

Für die Garnitur
200 ml kalte Schlagsahne
Zimt (optional)
Schokoraspel (optional)

Außerdem
1 quadratische Springform mit ca. 22 cm

1. Für den Teig das Mehl mit den Walnüssen und dem Kakao auf die Arbeitsfläche häufeln. In der Mitte eine Mulde formen und auf den Rand die Butter in Stücken verteilen. Das Eigelb mit dem Salz und dem Zucker in die Mitte geben und von der Mitte aus zu Bröseln hacken. Zu einem geschmeidigen Teig verkneten und in Frischhaltefolie gewickelt ca. 30 Minuten kaltstellen.
2. Das Kürbisfleisch würfeln und ca. 20 Minuten weich dämpfen. Gut abtropfen lassen, ausdampfen lassen, fein pürieren und abkühlen lassen.
3. Die Eier mit dem Zucker und dem Zimt cremig rühren. Die Butter, das Kürbispüree, den Quark und die Speisestärke unterrühren.
4. Den Ofen auf 180 °C Ober-/Unterhitze vorheizen. Die Springform mit Backpapier auslegen.
5. Den Teig auf bemehlter Arbeitsfläche ausrollen und damit den Boden der Springform auslegen. Die Käse-Kürbismasse einfüllen, glatt streichen und im Ofen ca. 1 Stunde backen. Den Kuchen aus dem Ofen nehmen und in der Form auskühlen lassen. Anschließend in Rechtecke schneiden.
6. Die Sahne steif schlagen und mit einer Spritztülle die Kuchenstücke mit Sahnetupfen verzieren. Mit Zimt und Schokoraspeln bestreuen.

Im Übrigen, da ich nun darauf verzichten muss, jung zu sein, finde ich viele douceurs in der Rolle der Anstandsdame, denn ich werde auf das *Sofa neben den Kamin* gesetzt und kann so viel Wein trinken, wie ich möchte.

JANE AUSTEN AN IHRE SCHWESTER CASSANDRA,

6/7. NOVEMBER 1813

„Er ist ein famoser Bursche – einen besseren kann man sich, glaube ich, nicht vorstellen“, wiederholte Sir John. *„Ich erinnere mich, dass er letzte Weihnachten bei einem Tanz in Barton Park von acht bis vier Uhr getanzt hat, ohne sich ein einziges Mal zu setzen.“*
„Tatsächlich?“, rief Marianne mit glänzenden Augen.
„Und tanzte er mit Eleganz und Leidenschaft?“
„Ja. Und um acht war er schon wieder auf und ritt zur Jagd.“
„So gefällt es mir. So sollte ein junger Mann sein. Was immer er tut: Seine Begeisterung sollte ihn keine Zurückhaltung und keine Müdigkeit kennen lassen.“

VERSTAND UND GEFÜHL

Mini-Galettes

MIT BLAUBEEREN UND VANILLEEIS

ZUBEREITUNGSZEIT: CA. 30 MINUTEN — **KÜHLZEIT**: CA. 30 MINUTEN
BACKZEIT: CA. 30 MINUTEN — **SCHWIERIGKEITSGRAD**: LEICHT

ZUTATEN
FÜR 4 PERSONEN

Für den Teig
300 g Mehl
½ TL Salz
1 EL Zucker
130 g Butter
1 großes Ei

Für die Füllung
350 g Blaubeeren
80 g Butter
100 g gemahlene Mandeln
80 g brauner Zucker
1 EL Mehl
2 Eier
1 Eigelb
2 EL gehobelte Mandelblättchen
brauner Zucker und Zimt zum Bestreuen

1. Für den Teig das Mehl mit dem Salz und dem Zucker mischen, die Butter in Stücke schneiden und zugeben. Das Ei und 2 EL eiskaltes Wasser ergänzen und alles rasch einen geschmeidigen Mürbteig verkneten. In Frischhaltefolie gewickelt ca. 30 Minuten kaltstellen. Den Ofen auf 200 °C Ober-/Unterhitze vorheizen. Ein Backblech mit Backpapier belegen.
2. Für die Füllung die Beeren waschen und gut abtropfen lassen. Die Butter schmelzen. Die Mandeln, den Zucker und das Mehl mischen und die flüssige Butter sowie die Eier unterrühren.
3. Den Teig in vier Portionen teilen und auf jeweils wenig Mehl oder zwischen zwei Stücken Backpapier rund ausrollen (ca. 22 cm Durchmesser). Die Teigkreise mittig mit der Mandelcreme bestreichen, dabei einen 3 cm breiten Rand rundherum frei lassen. Mit den Heidelbeeren bestreuen. Den Teigrand ringsherum nach innen umschlagen.
4. Das Eigelb mit 1 EL Wasser verquirlen, den Teigrand damit bepinseln und die Mandelblättchen aufstreuen. Im heißen Ofen in ca. 30 Minuten goldbraun backen. Zum Servieren lauwarm auskühlen lassen und mit etwas braunem Zucker und Zimt bestreuen. Dazu passt Vanilleeis.

SCHOKOLADEN-Cupcakes MIT KARAMELL-FROSTING

ZUBEREITUNGSZEIT: CA. 45 MINUTEN — **BACKZEIT**: CA. 25 MINUTEN
KÜHLZEIT: CA. 3 STUNDEN — **SCHWIERIGKEITSGRAD**: MITTEL

ZUTATEN
FÜR 12 STÜCK

Für den Teig
80 g dunkle Kuvertüre
2 Eier
100 g flüssige Butter
150 ml Milch
200 g Mehl
2 EL Kakaopulver
2 TL Backpulver
50 g gemahlene Mandeln
90 g Zucker
3 EL Vanillezucker
1 Prise Salz

Für das Frosting
190 g weiche Butter
90 g gesalzene Karamellcreme (alternativ ungesalzene Karamellcreme mit Meersalz vermischen)
180 g Frischkäse
½ TL Vanilleextrakt
ca. 200 g Puderzucker

Für die Karamellsauce
150 g Zucker
50 g Butter
50 ml Sahne
1 TL Fleur de Sel

Außerdem
1 Muffinblech
Papierförmchen

1. Den Backofen auf 180 °C Ober-/Unterhitze vorheizen. Die Vertiefungen eines Muffinblechs mit Papierförmchen auslegen. Die Kuvertüre hacken und über einem heißen Wasserbad schmelzen, dann wieder etwas abkühlen lassen. Die Eier mit der Butter und der Milch verrühren, dann die noch flüssige Schokolade unterziehen. Das Mehl, das Kakaopulver und das Backpulver mischen und in eine Schüssel sieben. Die Mandeln, den Zucker, den Vanillezucker und 1 Prise Salz untermischen. Die Schokoladen-Ei-Mischung dazugeben, unterrühren und alles zu einem homogenen Teig verarbeiten.

2. Den Teig in die Papierförmchen füllen und im Ofen 20–25 Minuten backen (Stäbchenprobe). Herausnehmen, kurz abkühlen lassen und die Cupcakes auf einem Kuchenblech auskühlen lassen.
3. Für das Frosting die Butter weißcremig rühren und die Karamellcreme, den Frischkäse und den Vanilleextrakt unterziehen. Nun so viel Puderzucker unterrühren, bis eine spritzfähige Masse entstanden ist. Die Creme in einen Spritzbeutel mit Sterntülle füllen, jeweils eine Rosette auf die Cupcakes spritzen und ca. 3 Stunden kühl stellen.
4. Für die Karamellsauce den Zucker mit 50 ml Wasser in einer Kasserolle aufkochen und goldbraun karamellisieren. Die Butter und die Sahne zufügen und ca. 2 Minuten weiterkochen, dann 1 TL Fleur de Sel unterrühren. Alles gut verrühren und die Karamellsauce abkühlen lassen. Die Schokoladen-Cupcakes mit der Karamellsauce beträufeln und servieren.

Wir haben am Freitag nicht unseren Spaziergang gemacht, es war zu schmutzig, und wir haben ihn noch immer nicht gemacht. Vielleicht unternehmen wir heute etwas, gönnen uns zum Beispiel eine Fahrt mit der Fähre, nachdem wir Frank *beim Schlittschuhlaufen zugesehen* haben, was er auf den Wiesen am Strand zu tun hofft. *Wir haben einen der angenehmsten Fröste, die ich je erlebt habe, so unglaublich still.* Ich hoffe, er hält noch etwas an, und zwar um Franks willen, der sehr gerne noch weiter Schlittschuh laufen möchte.

JANE AUSTEN
AN IHRE SCHWESTER CASSANDRA,
7. JANUAR 1807

ZIMT-KÜRBIS-Cupcakes MIT AHORNSIRUP-BUTTERCREMEHAUBE

ZUBEREITUNGSZEIT CA. 40 MINUTEN
BACKZEIT: CA. 25 MINUTEN — **SCHWIERIGKEITSGRAD**: MITTEL

ZUTATEN
FÜR 12 STÜCK

Für den Teig
125 g weiche Butter
100 g brauner Zucker
2 Eier
ca. 80 ml Milch
150 g Mehl
100 g Kürbispüree (gekauft oder Rezept Seite 42)
75 g gemahlene Haselnüsse
2 TL Zimtpulver
½ TL Backpulver

Für das Frosting
150 g weiche Butter
4 EL Ahornsirup
150 g Frischkäse, gut abgetropft, Zimmertemperatur
ca. 150 g Puderzucker
Muskat zum Übermahlen
Zimtstangen zum Garnieren (optional)

Außerdem
1 Muffinblech
Papierförmchen

1. Den Ofen auf 180 °C Ober-/Unterhitze vorheizen. Die Mulden eines Cupcake-Backblechs mit Papierförmchen ausstellen.
2. Die Butter mit dem Zucker schaumig schlagen. Die Eier mit der Milch verquirlen und zusammen mit dem Mehl, dem Kürbispüree, den Haselnüssen, dem Zimt und dem Backpulver unter die Masse mengen. Gut verrühren und in die Förmchen füllen. Im Ofen ca. 25 Minuten goldbraun backen (Stäbchenprobe). Die Cupcakes vom Blech nehmen und auskühlen lassen.
3. Für das Frosting die Butter mit dem Ahornsirup cremig aufschlagen, dann den Frischkäse unterrühren. Nun so viel Puderzucker unterrühren, bis eine spritzfähige Masse entstanden ist. Nach Bedarf kaltstellen. In einen Spritzbeutel mit gezackter Tülle füllen und die Cupcakes damit verzieren. Mit etwas Muskat übermahlen und nach Belieben mit Zimtstangen garnieren.

MÜRBETEIG-Timbale MIT APFELKOMPOTT UND ZIMTSAHNE

ZUBEREITUNGSZEIT: CA. 20 MINUTEN — **BACKZEIT**: CA. 30 MINUTEN
KÜHLZEIT: CA. 30 MINUTEN — **SCHWIERIGKEITSGRAD**: LEICHT

ZUTATEN
FÜR 12 STÜCK

Für den Teig
250 g Mehl + etwas zum Arbeiten
70 g feiner Zucker
1 EL Vanillezucker
1 Prise Salz
1 Ei
125 g kalte Butter + etwas für die Förmchen
Hülsenfrüchte zum Blindbacken

Für die Füllung
4 säuerliche Äpfel
2 EL brauner Zucker
½ TL Zimtpulver
2 EL gehackte Rosinen
4 cl brauner Rum
1 Spritzer Zitronensaft

Für die Sahne
150 g Sahne
1 EL Puderzucker
1 Prise Zimtpulver

Außerdem
4 kleine Förmchen (ca. 12 cm Durchmesser)

1. Das Mehl auf eine Arbeitsfläche sieben und in die Mitte eine Mulde eindrücken. Den Zucker, den Vanillezucker, das Salz und das Ei hineingeben. Die Butter in Stücken hinzugeben. Alles krümelig hacken, dann rasch mit den Händen zu einem glatten Teig verkneten. In Folie einschlagen und ca. 30 Minuten kühl ruhen lassen.
2. Den Backofen auf 180 °C Ober-/Unterhitze vorheizen. Vier kleine Timbale-Förmchen mit Butter fetten. Den Teig auf einer bemehlten Arbeitsfläche ausrollen und die Förmchen damit auslegen, dabei auch einen Rand formen. Die Böden mit einer Gabel mehrmals einstechen, mit Backpapier und Hülsenfrüchten belegen und im Ofen ca. 20 Minuten blindbacken. Etwas abkühlen lassen, aus den Förmchen stürzen und auskühlen lassen.
3. Für die Füllung die Äpfel waschen, putzen und in kleine Würfel schneiden. In einer Pfanne den Zucker mit dem Zimt und 1 EL Wasser karamellisieren lassen. Die Apfelwürfel und die Rosinen zugeben und darin 2–3 Minuten angehen lassen. Mit dem Rum und dem Zitronensaft ablöschen und die Flüssigkeit einreduzieren. Die abgekühlte Masse in die Teigförmchen füllen.
4. Die Sahne mit dem Puderzucker und dem Zimt steif schlagen und die Timbale damit toppen.

Crêpe-Samosas

MIT BAISER UND ORANGENZESTEN

ZUBEREITUNGSZEIT CA. 30 MINUTEN — **GARZEIT:** CA. 25 MINUTEN
KÜHLZEIT: CA. 3 STUNDEN — **SCHWIERIGKEITSGRAD**: MITTEL

ZUTATEN
FÜR 4 PERSONEN

Für die Crêpes
4 Eier
80 g Zucker
Abrieb und Saft von einer Bio-Orange
40 g flüssige Butter
1–2 cl Orangenlikör
1 EL Speisestärke
125 g Mehl
250 ml Milch
1 Prise Salz
Butter zum Ausbacken

Für die Garnitur
2 Eiweiß
1 Prise Salz
120 g Puderzucker
feine Zesten und Abrieb einer Bio-Orange

1. 2 Eier in einem Rührkessel mit dem Zucker schaumig schlagen. Den Orangenabrieb und -saft, die Butter, den Likör und die Stärke dazugeben und alles gut verrühren. Die Mischung auf einem heißen Wasserbad aufschlagen, bis die Masse andickt. Dann die Creme auf Eiswasser kalt schlagen und abgedeckt ca. 3 Stunden kühl stellen.
2. Inzwischen das Mehl mit den übrigen Eiern, der Milch und einer Prise Salz zu einem glatten Teig verrühren und 1–2 Stunden quellen lassen.
3. In einer Pfanne 1 TL Butter erhitzen, eine Kelle Teig eingießen, durch Drehen der Pfanne gleichmäßig verteilen und den Crêpe von beiden Seiten goldbraun ausbacken. Auf diese Weise den übrigen Teig verbacken, fertige Crêpes auf einem Teller stapeln.
4. Die Crêpes halbieren, die Halbkreise dünn mit Orangencreme bestreichen und zu Dreiecken zusammenfalten. Vor dem letzten Zusammenklappen noch ca. 1 TL der Creme daraufsetzen.
5. Die Eiweiße mit einer Prise Salz steif schlagen, bis sie Spitzen ziehen, dabei nach und nach den Puderzucker dazusieben. Dann in einen Spritzbeutel mit Sterntülle füllen. Die Crêpe-Samosas auf Teller verteilen, jeweils 3 Baisertupfen darauf spritzen und mit dem Gasbrenner leicht bräunen. Mit Orangenzesten und -abrieb bestreuen.

Ich danke dir für deinen langen Brief, den ich versuche, mir dadurch zu verdienen, dass ich den Rest dieses Bogens so voll wie möglich schreibe. Ich bin voller Freude über viele deiner Nachrichten. *Dass du einen Ball besucht hast und dort getanzt hast, dass du mit dem Prinzen gespeist hast und den Kauf eines neuen Musselinkleids erwägst, sind erfreuliche Umstände.* Ich bin fest entschlossen, ein schönes Kleid zu kaufen, sobald ich kann, und ich bin der Hälfte meiner Garderobe überdrüssig und schäme mich ihrer so sehr, dass ich schon angesichts meines Kleiderschranks, in dem sie aufbewahrt werden, erröte. Doch ich will mich nicht länger vom Anblick einer abgenutzten Stelle beleidigen lassen; ich werde das Kleid bald in einen Unterrock verwandeln. *Ich wünsche dir frohe Weihnachten, aber nicht die besten Wünsche zum Fest.*

JANE AUSTEN AN IHRE SCHWESTER CASSANDRA, 24. DEZEMBER 1798

Wenn dich dieser Brief erreicht, werden unsere Gäste bereits abgereist sein oder gerade abreisen; und ich werde wieder auf angenehme Weise über meine Zeit verfügen dürfen, meinen Geist von den *Strapazen von Reispudding und Apfelklößen* befreien können und es vermutlich bereuen, dass ich mich nicht mehr bemüht habe, allen zu gefallen.

JANE AUSTEN AN IHRE SCHWESTER CASSANDRA, 7. JANUAR 1807

Blätterteiggebäck

MIT APRIKOSEN

ZUBEREITUNGSZEIT: CA. 25 MINUTEN — **BACKZEIT**: CA. 25 MINUTEN
SCHWIERIGKEITSGRAD: LEICHT

ZUTATEN
FÜR 12 STÜCK

450 g Blätterteig (TK, 6 Scheiben)
Aprikosenkonfitüre zum Füllen
1 Eiweiß
1 Eigelb
3 EL Milch
150 g Puderzucker
1 TL Zitronensaft
2 EL gehackte geröstete Haselnüsse (optional)

1. Die Blätterteigplatten auftauen lassen. Den Backofen auf 200 °C Ober-/Unterhitze vorheizen. Ein Backblech mit Backpapier belegen. Die Blätterteigplatten jeweils etwas größer ausrollen und halbieren. Auf jedes Teigstück ca. 1–2 TL Aprikosenkonfitüre setzen und den Rand mit verquirltem Eiweiß bestreichen. Die Teigstücke über die Füllung auf die Hälfte zusammenklappen und die Ränder mit den Zinken einer Gabel gut andrücken.
2. Die Teigtaschen auf das vorbereitete Blech setzen. Das Eigelb mit der Milch verquirlen, die Teigtaschen damit bestreichen und im Ofen 20–25 Minuten backen. Herausnehmen und die Blätterteigtaschen auf einem Kuchengitter abkühlen lassen.
3. Zum Fertigstellen den Puderzucker mit dem Zitronensaft verrühren und so viel Wasser hinzufügen, bis eine dickflüssige Glasur entsteht. Die Teigtaschen mit der Glasur überziehen und nach Belieben einige noch mit gehackten gerösteten Haselnüssen bestreuen. Die Glasur trocknen lassen und das Blätterteiggebäck servieren. Nach Belieben geschlagene Sahne dazu reichen.

Schokoladentörtchen

MIT PASSIONSFRUCHTHERZEN

ZUBEREITUNGSZEIT CA. 20 MINUTEN — **KÜHLZEIT**: CA. 12 STUNDEN
BACKZEIT: CA. 12 MINUTEN — **SCHWIERIGKEITSGRAD**: LEICHT

ZUTATEN
FÜR 4 PERSONEN

Für die Törtchen
2 Passionsfrüchte
60 g Frischkäse
3 EL Milch
150 g dunkle Schokolade oder Zartbitterkuvertüre
150 g Butter
4 Eier
60 g Zucker
30 g Mehl

Außerdem
4 Muffinförmchen aus Silikon

1. Die Passionsfrüchte halbieren, das Mark auslösen und nach Belieben durch ein Sieb passieren. Den Frischkäse mit dem Passionsfruchtmark und der Milch verrühren, in vier kleine Eiswürfelformen geben und über Nacht durchfrieren lassen.
3. Den Backofen auf 180 °C Ober-/Unterhitze vorheizen. Die Schokolade hacken und mit der Butter über einem heißen Wasserbad schmelzen, dann wieder etwas abkühlen lassen. Die Eier mit dem Zucker schaumig rühren, dann das Mehl unterziehen. Alles gut vermischen und nach und nach die Schokoladenmischung einarbeiten.
3. Die Masse in 4 Muffinförmchen aus Silikon verteilen. Die gefrorenen Frucht-Würfel jeweils mittig eindrücken, bis sie ganz von Teig umschlossen sind. Die Törtchen im Ofen 10–12 Minuten backen und warm servieren.

Coniglebkuchen

MIT APFEL

ZUBEREITUNGSZEIT: CA. 1 STUNDE — **BACKZEIT**: CA. 1 STUNDE 15 MINUTEN
WARTEZEIT: CA. 12 STUNDEN — **SCHWIERIGKEITSGRAD**: LEICHT

ZUTATEN
FÜR 1 KASTENKUCHEN

Für den Lebkuchen
Butter und Mehl für die Form
250 g Honig
250 g Mehl
2 EL Backpulver
100 g Puderzucker
2 EL Vanillezucker
1 TL gemahlener Anis
½ TL gemahlene Muskatblüte
1 TL gemahlener Zimt
1 TL gemahlener Ingwer
½ TL gemahlener Piment
2 Eier
100 ml lauwarme Milch

Für die Vanillesauce
250 ml Milch
3–4 EL Zucker
2 TL Speisestärke
2 Eigelb
1 TL Vanille-Essenz

Zum Servieren
2 Äpfel
Zitronensaft zum Beträufeln
2–3 EL getrocknete Cranberrys

1. Den Backofen auf 160 °C Ober-/Unterhitze vorheizen. Die Kastenform mit Butter fetten und mit Mehl ausstreuen. Den Honig in einem Topf erhitzen. Das Mehl mit dem Backpulver und dem Puderzucker in eine Schüssel sieben. Den Vanillezucker und die Gewürze zufügen und den heißen Honig mit einem Holzlöffel unterrühren. Die Eier einzeln untermischen, dann nach und nach die Milch unterrühren.
2. Den Teig in die Form geben und im Ofen ca. 1 Stunde 15 Minuten backen. Herausnehmen, den Honigkuchen in der Form auskühlen lassen, stürzen und über Nacht kühl stellen.
3. Für die Vanillesauce von der Milch 3–4 EL beiseitestellen. Die übrige Milch mit dem Zucker aufkochen, dann vom Herd nehmen. Die Stärke mit der Milch, den Eigelben und der Vanille-Essenz glattrühren. In die Milch einrühren und unter Rühren erhitzen (nicht kochen), bis die Masse eine sämige Konsistenz aufweist.
4. Die Äpfel waschen, vierteln, entkernen und in feine Scheiben schneiden oder hobeln. Sofort mit Zitronensaft beträufeln. Die Cranberrys hacken.
5. Von dem Honiglebkuchen Scheiben abschneiden, jeweils mit etwas Vanillesauce beträufeln und fächerartig mit den Apfelscheiben belegen. Mit Cranberrys bestreuen und servieren.

„Was für eine großartige Einrichtung!“, sagte [Mr. Elton]. „Schaffelle in Kutschen! Wie gemütlich es dadurch wird; man spürt die Kälte gar nicht mehr bei solchen Vorkehrungen. Die Bequemlichkeiten der modernen Welt machen die Kutsche eines Gentlemans wirklich vollkommen. Man ist so abgeschirmt und behütet vor schlechtem Wetter, dass nicht ein Lufthauch unerlaubt eindringen kann. Das Wetter hat keinerlei Bedeutung mehr. Es ist ein eiskalter Nachmittag – doch hier in der Kutsche merken wir nichts davon. – Ha! Es schneit sogar ein wenig, wie ich sehe.“
„Ja“, sagte John Knightley, „und ich denke, wir werden eine Menge davon abbekommen.“
„Weihnachtswetter“, bemerkte Mr. Elton, „passend zur Jahreszeit, und wir können uns glücklich schätzen, dass es nicht gestern begonnen und unser heutiges Fest verhindert hat. … Dies ist genau die richtige Jahreszeit für Begegnungen mit Freunden. *An Weihnachten lädt jeder seine Freunde zu sich ein, und man schert sich wenig um sogar das allerschlimmste Wetter.* Ich war im Haus eines Freundes einmal eine ganze Woche eingeschneit. Nichts könnte angenehmer sein. Ich ging für einen Abend hin und konnte erst eine ganze Woche später wieder wegkommen.“

EMMA

Kuchen

UND

Torten

GEDECKTER APFEL-Zimtschnecken KUCHEN

ZUBEREITUNGSZEIT: CA. 45 MINUTEN — **RUHEZEIT:** CA. 1 STUNDE 15 MINUTEN
BACKZEIT: CA. 50 MINUTEN — **SCHWIERIGKEITSGRAD:** MITTEL

ZUTATEN
FÜR 1 KUCHEN

Für den Teig
150 g Butter + etwas für die Form
500 ml Milch
1 Würfel Hefe (42 g)
250 g Zucker
1 TL Kardamompulver
1 TL Salz
1 kg Mehl + etwas zum Arbeiten
1 Ei
2 EL Zimtpulver
100 g flüssige Butter
1 Eigelb
2 EL Milch

Für die Füllung
1 kg Äpfel, z.B. Boskop
50 g Zucker
3 EL Mandelstifte
Abrieb und Saft von ½ Zitrone
2 cl Rum

1. Die Butter und die Milch in einem Topf lauwarm erwärmen. Die Hefe dazu bröckeln und darin auflösen. Etwa 150 g Zucker, den Kardamom und das Salz einrühren. Das Mehl dazusieben, das Ei dazugeben und alles zu einem glatten, geschmeidigen Teig verkneten. Den Teig mit einem Tuch bedeckt ca. 1 Stunde an einem warmen Ort gehen lassen.
2. Den übrigen Zucker mit dem Zimt mischen. Den Teig zu einem Rechteck (ca. 30 × 60 cm) ausrollen, mit der flüssigen Butter bestreichen, mit Zimtzucker bestreuen und von der langen Seite her aufrollen. Die Rolle in ca. 1 cm dicke Scheiben schneiden und diese nochmals ca. 15 Minuten gehen lassen.
3. Den Backofen auf 180 °C Ober-/Unterhitze vorheizen. Für die Füllung die Äpfel schälen, vierteln, entkernen und in dünne Scheiben schneiden. Mit den Zutaten für die Füllung vermischen.
4. Eine Springform (ca. 26 cm Durchmesser) mit Butter fetten. Den Boden und den Rand mit Zimtschnecken-Teiglingen auslegen. Die Apfelmischung darauf verteilen und alles mit den übrigen Zimtschnecken belegen. Das Eigelb mit der Milch verquirlen und die Oberfläche damit bepinseln. Den Kuchen ca. 45–55 Minuten backen. Dabei ggf. rechtzeitig abdecken, damit er nicht zu stark bräunt. In der Form auskühlen lassen und in Stücke geschnitten servieren.

Rotweinbirnen-Pie

MIT BAROLO-SAHNE

ZUBEREITUNGSZEIT: CA. 1 STUNDE — **KÜHLZEIT**: CA. 1 STUNDE
GAR- UND BACKZEIT: CA. 1 STUNDE — **SCHWIERIGKEITSGRAD**: MITTEL

ZUTATEN
FÜR 1 PIE

Für die Birnen
1 cm Ingwer
500 ml kräftiger Rotwein, z.B. Barolo
100 g brauner Zucker
1 Stück Bio-Zitronenschale
2 Zimtstangen
1 Sternanis
2 Kardamomkaspseln
3 Gewürznelken
4 Birnen

Für den Teig
450 g Mehl + etwas zum Arbeiten
1 TL Backpulver
2 Prisen Salz
160 g Zucker
2 Eier
Abrieb von ½ Bio-Zitrone
200 g kalte Butter + etwas für die Form
2 EL gemahlene Mandeln zum Bestreuen

Außerdem
2 EL flüssige Butter zum Bestreichen
1 Prise Zimtpulver
1 Prise Ingwerpulver
Puderzucker zum Bestäuben
150 ml Sahne
3 TL Vanillezucker
1 Pie-Form mit ca. 24 cm Durchmesser

1. Den Ingwer schälen. Den Rotwein mit 200 ml Wasser, dem Zucker, der Zitronenschale und dem Ingwer in einen Topf geben. Die Gewürze hinzufügen. Alles aufkochen und ca. 10 Minuten bei geringer Hitze köcheln lassen. Die Birnen schälen, vierteln und vom Kerngehäuse befreien. In den Sud legen und zugedeckt bei geringer Hitze 10–15 Minuten simmern lassen. Die Früchte herausnehmen und abtropfen lassen. Den Sud durch ein Sieb passieren, sirupartig einköcheln und abkühlen lassen.
2. Für den Teig das Mehl mit dem Backpulver und 2 Prisen Salz auf eine Arbeitsfläche geben und eine Mulde eindrücken. Den Zucker, die Eier und den Zitronenabrieb hineingeben und die Butter in Stücken auf dem Mehlrand verteilen.

Alles krümelig hacken, dann rasch mit den Händen zu einem glatten Teig verkneten. In Folie gewickelt ca. 1 Stunde kühl stellen.

3. Den Backofen auf ca. 180 °C Ober-/Unterhitze vorheizen. Eine Pie-Form mit Butter fetten und mit Mehl ausstreuen, überschüssiges Mehl ausklopfen. Von dem Teig ein Drittel abnehmen. Den restlichen Teig auf einer bemehlten Arbeitsfläche 8–10 cm größer als die Form ausrollen. Die Form damit auskleiden, dabei einen Rand formen und diesen seitlich überhängen lassen. Den Teigboden mehrmals mit einer Gabel einstechen und mit gemahlenen Mandeln bestreuen. Die Rotweinbirnen darauf verteilen und mit ein paar Tropfen von dem eingedickten Sud beträufeln.
4. Den übrigen Teig in Formgröße ausrollen und daraus mit einer gewellten Blattausstechform rosettenartig 6 Blätter ausstechen. Den Teigdeckel auf die Birnen legen und den Rand darüber schlagen und wellig etwas andrücken. Die ausgestochenen Teigblätter dekorativ darauflegen. Aus dem übrigen Teig noch kleine Kugeln formen und auf dem Teig arrangieren. Die flüssige Butter mit je einer Prise Zimt und Ingwer verrühren und die Oberfläche damit bestreichen, dann im Ofen 40–45 Minuten backen.
5. Den Pie herausnehmen und auskühlen lassen. Die Sahne mit dem Vanillezucker steif schlagen und 2–3 EL des reduzierten Rotweinsuds dekorativ unterziehen. Den Rotweinbirnen-Pie leicht mit Puderzucker bestäuben und mit der Sahne servieren.

„… Gefällt Ihnen Bath noch immer so gut wie damals, als ich die Ehre hatte, schon einmal danach zu fragen?“
„Ja, unbedingt! Noch mehr sogar.“
„Noch mehr! Geben Sie acht, dass Sie nicht vergessen seiner zum angemessenen Zeitpunkt überdrüssig zu werden. Sie sollten sich nach sechs Wochen langweilen.“
„Ich glaube, ich könnte mich nicht einmal langweilen, wenn ich sechs Monate hier wäre.“
„Bath bietet im Vergleich zu London wenig Abwechslung, wie jedermann alljährlich bemerkt. ‚Sechs Wochen lang mag Bath ja ganz erträglich sein, doch danach ist es der langweiligste Ort der Welt.‘ So wird es Ihnen von allen möglichen Leuten gesagt, *die jeden Winter kommen,* ihre sechs Wochen zu zehn oder zwölf ausdehnen und schließlich abreisen, weil sie sich einen längeren Aufenthalt nicht mehr leisten können.“

DIE ABTEI VON NORTHANGER

Mincemeat

PIE

ZUBEREITUNGSZEIT CA. 1 STUNDE — **WARTEZEIT**: CA. 13 STUNDEN
BACKZEIT: CA. 35 MINUTEN — **SCHWIERIGKEITSGRAD**: MITTEL

ZUTATEN
FÜR 1 PIE

Für die Füllung
100 g Rosinen
80 g Sultaninen
70 g Orangeat
70 g Zitronat
1 säuerlicher Apfel
60 g Zucker
Abrieb und Saft von 1 Bio-Zitrone
1 TL Lebkuchengewürz
4–5 cl Brandy
50 g Mandelblättchen

Für den Teig
200 g weiche Butter
60 g Zucker
200 g Mehl + etwas zum Arbeiten
1–2 EL Milch
2 EL gemahlene Mandeln
1 Ei

Außerdem
Puderzucker zum Bestäuben
1 hohe Pieform mit ca. 21 cm Durchmesser

1. Die Rosinen, die Sultaninen, das Orangeat und das Zitronat fein hacken. Den Apfel schälen, vierteln, entkernen und fein würfeln. Mit dem Zucker, dem Zitronenabrieb und -saft sowie dem Lebkuchengewürz und dem Brandy unter das Trockenobst mengen und zugedeckt über Nacht ziehen lassen.
2. Für den Teig die Butter mit dem Zucker schaumig schlagen. Das Mehl und die Milch zugeben und zu einem geschmeidigen Teig verkneten. In Frischhaltefolie gewickelt ca. 1 Stunde kaltstellen.
3. Den Backofen auf 200 °C vorheizen. Von dem Teig ca. ein Drittel abnehmen und kühl stellen. Den restlichen Teig etwas größer als die Form ausrollen und die Form damit auslegen, dabei einen Rand formen und andrücken. Den Teigboden mit einer Gabel mehrmals einstechen und mit Mandeln bestreuen. Die Mincemeat-Masse mit den Mandelblättchen vermengen und auf den Teigboden geben.
4. Das Ei verquirlen. Den übrigen Teig dünn ausrollen. Den Teigrand mit Ei bestreichen und den Teigdeckel auf die Füllung legen und andrücken. Aus der Teigplatte mit einem Ausstecher ein Muster ausstechen. Die Oberfläche mit dem übrigen verquirlten Ei besteichen und den Pie im Ofen in 35–40 Minuten goldbraun backen. Herausnehmen, den Pie auf einem Kuchengitter auskühlen lassen und mit Puderzucker bestäubt servieren.

APFEL-CRANBERRY-Kuchen

ZUBEREITUNGSZEIT: CA. 1 STUNDE
BACKZEIT: CA. 50 MINUTEN — **SCHWIERIGKEITSGRAD**: LEICHT

ZUTATEN
FÜR 1 KUCHEN

Für den Teig
weiche Butter und Semmelbrösel für die Form
200 g Butter
150 g Zucker
1 Prise Salz
4 Eier
2 TL Backpulver
400 g Mehl
ca. 80 ml Milch

Für den Belag
600 g Äpfel
250 g Cranberrys (frisch oder TK)
2 EL Zitronensaft
2 EL Vanillezucker

Für die Streusel
100 g Mehl
75 g gemahlene Mandeln
½ TL Zimtpulver
75 g Zucker
100 g kalte Butter
40 g Mandelblättchen

1. Den Backofen auf 180 °C Ober-/Unterhitze vorheizen. Eine Springform (26 cm Durchmesser) ausbuttern und mit Bröseln ausstreuen.
2. Für den Teig die Butter mit dem Zucker und dem Salz schaumig rühren. Nach und nach die Eier unterrühren. Das Backpulver unter das Mehl mischen und abwechselnd mit der Milch unter die Masse rühren, so dass ein geschmeidiger, streichfähiger Teig entsteht. In die Form füllen und glatt streichen.
3. Für den Belag die Äpfel schälen, vierteln, das Kerngehäuse herausschneiden und die Viertel in Spalten schneiden. Die Cranberrys abbrausen und gut abtropfen lassen. Mit den Äpfeln, dem Zitronensaft und dem Vanillezucker vermengen und gleichmäßig auf dem Teig verteilen.
4. Für die Streusel das Mehl mit den Mandeln, dem Zimt, dem Zucker und der Butter zwischen den Händen zu Bröseln zerreiben und mit den Mandelblättchen über die Früchte streuen. Im vorgeheizten Ofen ca. 50 Minuten goldbraun backen (Stäbchenprobe). Sollte der Kuchen zu dunkel werden, mit Alufolie abdecken. In der Form auskühlen lassen und in Stücke geschnitten servieren.

Honigkuchen

MIT FRISCHKÄSEFROSTING UND FEIGEN

ZUBEREITUNGSZEIT CA. 20 MINUTEN
BACKZEIT: CA. 50 MINUTEN — **SCHWIERIGKEITSGRAD**: LEICHT

ZUTATEN
FÜR 1 KASTENKUCHEN

Für den Kuchen
250 g Honig
125 g Butter + etwas für die Form
3 Eier
300 g Dinkelmehl + etwas für die Form
100 g gemahlene Haselnüsse
1 Pck. Backpulver
1 TL Lebkuchengewürz
1 TL Bio-Orangenabrieb
Milch bei Bedarf

Außerdem
50 g Butter (Raumtemperatur)
150 g Puderzucker
100 g Frischkäse
4 frische Feigen
1 EL gehackte Haselnusskerne

1. Den Backofen auf 180 °C Ober-/Unterhitze vorheizen, eine Kastenform mit Butter einfetten und mit Mehl ausstauben.
2. Den Honig mit der Butter in einer Schüssel mit den Quirlen des Handrührgeräts cremig aufschlagen. Dabei nach und nach die Eier einzeln gründlich einarbeiten. Mehl, Nüsse, Backpulver, Lebkuchengewürz und Orangenabrieb mischen und nach und nach in die Honigmasse einarbeiten. Bei Bedarf noch etwas Milch ergänzen.
3. Den Teig in die Form gießen und den Kuchen im Ofen 45–50 Minuten backen. In der Form abkühlen lassen, aus der Form stürzen und auf einem Kuchengitter auskühlen lassen.
4. Für das Frosting die Butter in einer Schüssel mit den Quirlen des Handrührgeräts schaumig aufschlagen. Dabei nach und nach den Puderzucker dazusieben. Zum Schluss den Frischkäse auf niedriger Stufe nur noch unterrühren. Die fertige Masse auf dem Kuchen verstreichen.
5. Die Feigen waschen, trocken tupfen, in Spalten schneiden und auf dem Kuchen auslegen. Mit Haselnüssen bestreuen und servieren.

Unmittelbar um Mrs. Musgrove scharten sich die kleinen Harvilles ... Auf der einen Seite war ein Tisch, der *mit plaudernden Mädchen besetzt war, die Seiden- und Goldpapier* ausschnitten, und auf der anderen standen Klapptische und Tabletts, die sich unter dem Gewicht von Sülze und kalter Pastete bogen, in denen ausgelassene Jungen schwelgten; das Ganze *begleitet von einem lodernden Weihnachtsfeuer,* das entschlossen schien, sich trotz des Lärms aller anderen Gehör zu verschaffen. Charles und Mary kamen natürlich ebenfalls während ihres Besuchs herein, und Mr. Musgrove legte Wert darauf, Lady Russell seine Aufmerksamkeit zu erweisen, und setzte sich zehn Minuten zu ihr, wobei er mit erhobener Stimme sprach, aber wegen des Lärms der Kinder auf ihren Knien weitgehend vergeblich. *Es war eine herrliche Familienszene.*

ÜBERREDUNG

Meine liebe Anne,

Ich entschuldige mich nicht für mein Schweigen, weil ich weiß, wie wenig die Leute in Orten wie Bath von Briefen halten. Du musst viel zu glücklich sein, um an Uppercross zu denken, welches, wie du weißt, nur wenig zum Schreiben liefert. *Wir hatten äußerst langweilige Weihnachten;* Mr. und Mrs. Musgrove haben die ganze Feiertage über *nicht eine einzige Dinnergesellschaft gegeben.* Ich zähle die Hayters nicht als Gäste. Nun sind die Ferien allerdings endlich vorbei; ich glaube, kein Kind hatte jemals solch lange. Ich sicher nicht. Das Haus hat sich gestern geleert mit Ausnahme der kleinen Harvilles; du wirst überrascht sein zu hören, dass sie nie nach Hause gegangen sind. Mrs. Harville muss eine seltsame Mutter sein, dass sie sich so lange von ihnen trennen kann. Ich verstehe das nicht. Es sind meiner Meinung nach keine netten Kinder, doch Mrs. Musgrove scheint sie genauso, wenn nicht mehr, als ihre eigenen Enkel zu mögen. Was für ein schreckliches Wetter wir hatten! …

Herzlich Deine Mary

ÜBERREDUNG

Macadamiakuchen

MIT PASSIONSFRUCHTGLASUR

ZUBEREITUNGSZEIT: CA. 25 MINUTEN
BACKZEIT: CA. 50 MINUTEN — **SCHWIERIGKEITSGRAD**: LEICHT

ZUTATEN
FÜR 1 KUCHEN

Für den Teig
150 g Mehl
50 g Macadamianusskerne
1 TL Backpulver
7 Eier
220 g Zucker
60 ml Pflanzenöl

Für die Glasur
120 g Puderzucker
Mark von 2 Passionsfrüchten

1. Den Backofen auf 180 °C Ober-/Unterhitze vorheizen und den Boden einer Springform (22 cm Durchmesser) mit Backpapier auskleiden.
2. Vom Mehl ca. 50 g mit den Macadamianusskernen im Blitzhacker sehr fein zerkleinern, dann mit dem restlichen Mehl und dem Backpulver mischen.
3. Die Eier in einer großen Schüssel mit dem Zucker mit den Quirlen des Handrührgeräts 6–8 Minuten schaumig aufschlagen. Dann das Öl nach und nach untermengen und zum Schluss die Mehlmischung unterheben.
4. Den Teig in die Form füllen und im Ofen für 50–55 Minuten backen. In der Form abkühlen lassen, aus der Form lösen, das Backpapier abziehen und den Kuchen auf einem Kuchengitter abkühlen lassen.
5. Den Kuchen auf einer Tortenplatte platzieren. Den Puderzucker mit dem Passionsfruchtmark verrühren und über dem Kuchen verteilen. Dazu passt leicht geschlagene Sahne.

Schokoladenkuchen

MIT BAISER

ZUBEREITUNGSZEIT CA. 50 MINUTEN — **BACKZEIT**: CA. 30 MINUTEN
KÜHLZEIT: CA. 4 STUNDEN — **SCHWIERIGKEITSGRAD**: LEICHT

ZUTATEN
FÜR 1 KUCHEN

Für den Kuchen
250 g Mehl + etwas für die Form
80 g Zucker
1 EL Vanillezucker
1 Prise Salz
125 g weiche Butter + etwas für die Form
1 Ei
getrocknete Hülsenfrüchte zum Blindbacken

Für die Füllung
250 g Zartbitterschokolade
100 g Vollmilchschokolade
350 ml Sahne
50 g weiche Butter
3 Eiweiß
50 g Puderzucker

Außerdem
1 Tarteform mit 22 cm Durchmesser

1. Aus Mehl, Zucker, Vanillezucker, Salz, Butter und Ei einen Mürbeteig kneten. Den Teig zur Kugel formen, in Frischhaltefolie wickeln und ca. 1 Stunde kaltstellen.
2. Den Backofen auf 200 °C Ober-/Unterhitze vorheizen. Eine Tarteform mit Butter fetten.
3. Den Mürbeteig auf einer bemehlten Arbeitsfläche dünn ausrollen und die Tarteform damit auskleiden, dabei einen Rand formen. Den Teigboden mit einer Gabel mehrmals einstechen, mit Backpapier und Hülsenfrüchten belegen und im Ofen ca. 30 Minuten blindbacken. Anschließend herausnehmen, den Boden abkühlen lassen und Backpapier und Hülsenfrüchte wieder entfernen.
4. Für die Füllung beide Sorten Schokolade hacken und in eine Schüssel geben. Die Sahne aufkochen, über die Schokolade gießen, ca. 3 Minuten zugedeckt stehen lassen, dann alles zu einer homogenen Creme verrühren. Die Butter stückweise unterrühren. Den Kuchenboden mit der Ganache übergießen. Glattstreichen und mindestens 3 Stunden kühl stellen.
5. Die Eiweiße steif schlagen und dabei nach und nach den Puderzucker einrieseln lassen. Die Eisweißmasse auf der Tarte verteilen und mit einem Brülierbrenner oder unter einem Grill leicht bräunen.

Baisertorte

MIT VANILLECREME UND BEERENMARMELADE

ZUBEREITUNGSZEIT: 1 STUNDE — **KÜHLZEIT**: CA. 4 STUNDEN
BACKZEIT: CA. 40 MINUTEN — **SCHWIERIGKEITSGRAD**: MITTEL

ZUTATEN
FÜR 1 TORTE

Für den Teig
450 g Mehl + etwas für die Formen
1 TL Backpulver
2 Prisen Salz
160 g Zucker
2 Eier
Abrieb von ½ Bio-Orange
200 g kalte Butter + etwas für die Formen

Für die Creme
750 ml Milch
dünn abgeschnittene Schale von ½ Bio-Orange
1 Vanilleschote
3 Eier
1 Eigelb
225 g Zucker
30 g Mehl
30 g Maisstärke

Außerdem
ca. 300 g Beerenkonfitüre zum Bestreichen, z.B. Waldbeeren
3 Eiweiß (L)
1 Prise Salz
1 TL Speisestärke
150 g feiner Zucker

1. Für den Teig das Mehl mit dem Backpulver und 2 Prisen Salz auf eine Arbeitsfläche geben und eine Mulde eindrücken. Den Zucker, die Eier und den Orangenabrieb hineingeben und die Butter in Stücken auf dem Mehlrand verteilen. Alles krümelig hacken, dann rasch mit den Händen zu einem glatten Teig verkneten. In Folie gewickelt ca. 1 Stunde kühl stellen.
2. Für die Creme die Milch mit der Orangenschale erhitzen, beiseitestellen und ca. 10 Minuten ziehen lassen. Die Vanilleschote längs aufschlitzen, das Mark herauskratzen und mit der Schote in die warme Milch geben. Die Eier mit dem Eigelb und dem Zucker hellcremig rühren. Das Mehl und die Stärke dazusieben und gut unterrühren. Die Orangenschale aus der Milch wieder entfernen. Zunächst etwas Milch unter die Eicreme rühren, dann die Ei-Mischung in den Topf zur restlichen Milch geben und alles unter ständigem Rühren erhitzen, bis die Creme andickt. Mit Folie bedecken, beiseitestellen und die Vanillecreme abkühlen lassen.
3. Den Backofen auf ca. 180 °C Ober-/Unterhitze vorheizen. 2 Springformen (26 cm Durchmesser) mit Butter fetten und mit Mehl ausstreuen.

Den Teig halbieren, jeweils in Größe der Form ausrollen, den Boden damit belegen und mit einer Gabel mehrmals einstechen. Die Teigböden nacheinander im Ofen in ca. 20 Minuten goldbraun backen. Herausnehmen, abkühlen und auf Kuchengittern auskühlen lassen.

4. Einen Boden mit der Hälfte der Beerenkonfitüre bestreichen und mit einem Tortenring umschließen. Die Vanillecreme einfüllen und glattstreichen. Den zweiten Boden mit der restlichen Konfitüre bestreichen und mit der bestrichenen Seite nach unten auf die Creme legen. Die Torte ca. 3 Stunden kühl stellen.
5. Inzwischen die Eiweiße mit dem Salz und der Stärke steif schlagen, dabei den Zucker einrieseln lassen und weiterschlagen, bis der Eischnee glänzt und Spitzen zieht. Die Torte oben und an der Seite wolkig mit der Baisermasse bestreichen, mit dem Brülierbrenner abflämmen und leicht bräunen.

Die Nacht war stürmisch; schon am Nachmittag hatte sich der Wind immer wieder erhoben, und zu dem Zeitpunkt, als sich die Gesellschaft auflöste, stürmte und regnete es heftig. Catherine lauschte dem Sturm beim Durchqueren der Halle mit ehrfürchtigem Schauern, und als sie ihn um eine Ecke des alten Gebäudes wüten und eine entfernte Tür mit plötzlicher Wut zuschlagen hörte, fühlte sie zum ersten Mal, dass sie in einer Abtei war. Ja, das waren die typischen Geräusche! Sie brachten ihr eine endlose Zahl von schrecklichen Begebenheiten und schauderhaften Szenen in Erinnerung, die solche Gebäude erlebt und solche Stürme angekündigt hatten, und von Herzen freute sie sich über die glücklicheren Umstände, die ihren Eintritt in solch ehrwürdige Mauern begleitet hatten. … In einem so ausgestatteten und bewachten Haus hatte sie nichts zu befürchten oder zu ergründen und konnte so sicher in ihr Schlafzimmer gehen als wäre es ihr eigenes Zimmer in Fullerton. So sprach sie sich vorsichtshalber Mut zu, als sie nach weiter oben ging und so war es ihr möglich – vor allem als sie erkannte, dass Miss Tilney nur zwei Türen weiter schlief –, ihr Zimmer einigermaßen beherzt zu betreten, und ihre Lebensgeister wurden sofort vom Anblick eines fröhlich lodernden Feuers geweckt. „Wie viel angenehmer ist dies“, sagte sie sich, als sie zum Kamingitter ging, *„wie viel angenehmer ist es, ein brennendes Feuer vorzufinden, als zitternd in der Kälte warten zu müssen, bis die ganze Familie im Bett ist,* wie das viele arme Mädchen mussten, und dann von einer treuen alten Dienerin erschreckt zu werden, die mit einem Kienspan eintritt. Wie froh bin ich, dass Northanger so ist, wie es ist! …“

DIE ABTEI VON NORTHANGER

KIRSCH-Schokoladen-Torte

ZUBEREITUNGSZEIT CA. 1 STUNDE — **BACKZEIT**: CA. 12 MINUTEN
KÜHLZEIT: CA. 5 STUNDEN — **SCHWIERIGKEITSGRAD**: MITTEL

ZUTATEN
FÜR 1 TORTE

Für den Biskuit
6 Eier
150 g Zucker + etwas zum Arbeiten
1 EL Vanillezucker
1 Prise Salz
80 g Mehl
60 g Stärke
60 g Kakaopulver

Außerdem
4 cl Kirschwasser
220 g weiche Butter
120 g Zucker
240 g Mascarpone
1 TL Vanilleessenz
ca. 300 g Puderzucker
200 g Kirschen ohne Stein

Für die Garnitur
lange Schokoladenspäne
8 Kirschen mit Stiel (optional)
geraspelte Schokolade nach Belieben

1. Den Backofen auf 185 °C Ober-/Unterhitze vorheizen. Die Eier trennen. Die Eigelbe mit der Hälfte des Zuckers, dem Vanillezucker und dem Salz schaumig rühren. Das Eiweiß steif schlagen, dabei nach und nach den übrigen Zucker einrieseln lassen. Die Eigelbcreme mit einem Schneebesen vorsichtig unter den Eischnee ziehen. Das Mehl mit der Stärke und dem Kakao mischen, auf die Masse sieben und unterheben. Ein Backblech mit Backpapier belegen, den Teig gleichmäßig darauf verstreichen und im Ofen 10–12 Minuten backen.
2. Herausnehmen, den Boden auf ein mit Zucker bestreutes Küchentuch stürzen und das Backpapier abziehen. Den Biskuit mit Hilfe des Tuches von der langen Seite her aufrollen und auskühlen lassen.
3. Dann die Biskuitrolle wieder entrollen, längs in 8–10 cm breite Streifen schneiden und diese mit Kirschwasser beträufeln. Die weiche Butter mit dem Zucker weißcremig rühren, den Mascarpone und die Vanilleessenz unterziehen. Nun so viel Puderzucker unterrühren, bis eine spritzfähige Masse entsteht. Die Creme in einen Spritzbeutel mit größerer Sterntülle geben und kühl stellen.

4. Einen Tortenring (ca. 20 cm Durchmesser) auf eine Platte stellen, am Rand mit Schokoladenbiskuit auslegen und einen Ring Creme auf den Boden spritzen. Einen zweiten Biskuitring einlegen und erneut einen Ring Creme einspritzen. Nun mittig einen kleinen Biskuitring anbringen und etwas Creme zur Stabilisierung in die Mitte spritzen. Einige Kirschen locker auf der Creme verteilen und die Hohlräume mit Creme auffüllen, dabei die übrigen Kirschen einlegen. Die Torte ca. 3 Stunden kühl stellen.
5. Den Tortenring entfernen und die Torte ringsum mit Creme versehen, dabei den Rand dünner, die Oberfläche dicker einstreichen. Die Creme glattstreichen und die Torte am Rand mit langen Schokoladenspänen verzieren. Auf die Oberfläche 8 Cremerosetten spritzen und diese jeweils mit einer Kirsche verzieren. Die Torte nochmals 1–2 Stunden kühl stellen und in Stücke geschnitten servieren. Nach Belieben die Tortenstücke vor dem Servieren oben noch mit geraspelter Schokolade bestreuen.

„Ein Mann“, sagte [John Knightley], „muss schon eine sehr hohe Meinung von sich haben, wenn er Menschen bittet, *ihr eigenes Kaminfeuer zu verlassen und sich an einem solchen Tag hinauszuwagen, um ihn zu besuchen.* Er muss sich für einen sehr angenehmen Zeitgenossen halten; ich könnte so etwas nicht tun. *Es ist höchst absurd – in der Tat, es schneit in diesem Moment!* Die Verrücktheit, den Leuten nicht ihre häusliche Bequemlichkeit zu gönnen, und die Verrücktheit von Leuten, nicht bequem zu Hause zu bleiben, wenn sie könnten! ... Nun brechen wir auf, um fünf langweilige Stunden im Haus eines anderen Mannes zu verbringen, mit nichts zu sagen oder zu hören, das nicht gestern schon gesagt oder gehört worden ist und nicht morgen wieder gesagt oder gehört werden könnte ...
Emma fühlte sich nicht in der Lage, ihm die freundliche Zustimmung zu geben, die er zweifellos gewohnt war ..., aber sie hatte immerhin genug Entschlossenheit, um ganz auf eine Antwort zu verzichten. ... *Sie ließ ihn reden, überprüfte die Fenster und wickelte sich fest ein, ohne den Mund zu öffnen.*

EMMA

Schichttorte

MIT CHAI-CREME

ZUBEREITUNGSZEIT: 1 STUNDE 10 MINUTEN — **BACKZEIT**: CA. 25 MINUTEN
KÜHLZEIT: CA. 3 STUNDEN — **SCHWIERIGKEITSGRAD**: MITTEL

ZUTATEN
FÜR 1 KLEINE TORTE

Für die Böden
345 g weiche Butter
345 g Puderzucker
6 Eier (L)
1 Prise Salz
ca. 290 g Mehl
2 TL Backpulver
50 g Kakaopulver

Für die Ganache
125 g Sahne
1 Teebeutel Chaitee
200 g weiße Kuvertüre

Für die Buttercreme
450 ml Milch
50 g Sahne
2 TL Instant-Espressopulver
3 Teebeutel Chaitee
150 g Puderzucker
150 g Rohrohrzucker
3 Eigelb
40 g Speisestärke
350 g weiche Butter
Mark einer Vanilleschote

Außerdem
3 Springformen
(20 cm Durchmesser)

1. Den Backofen auf 180 °C Ober-/Unterhitze vorheizen. Drei Springformen mit Backpapier auslegen. Die Butter und den Puderzucker in ca. 5 Minuten weißcremig aufschlagen, dann die Eier einzeln jeweils gut unterrühren. Eine Prise Salz unterrühren, die Masse dritteln und jeweils in eine Schüssel geben. Unter das erste Drittel 115 g Mehl und ½ TL Backpulver mischen. Das zweite Drittel mit 100 g Mehl, 15 g Kakaopulver und ½ TL Backpulver verrühren. Das letzte Drittel mit dem übrigen Mehl, 1 TL Backpulver sowie dem restlichen Kakaopulver mischen. Alle Teige homogen verrühren, in die vorbereiteten Formen geben, glattstreichen und im Ofen ca. 25 Minuten backen (Stäbchenprobe). Die Böden etwas abkühlen lassen, aus den Formen lösen und auf Kuchengittern auskühlen lassen.
2. Für die Ganache die Sahne mit dem Teebeutel in einer Kasserolle erhitzen, beiseitestellen und zugedeckt ca. 30 Minuten ziehen lassen.

Die Kuvertüre hacken und in eine Schüssel geben. Den Teebeutel entfernen, die Sahne nochmals erhitzen, über die Kuvertüre gießen und ca. 4 Minuten stehen lassen, anschließend homogen verrühren. Die Ganache kühl stellen.

3. Für die Buttercreme die Milch mit der Sahne und dem Espressopulver in einen Topf geben. Die Teebeutel einhängen und zugedeckt 30–45 Minuten ziehen lassen. Die Teebeutel ausdrücken und herausnehmen. Die Mischung nochmals erhitzen und beide Sorten Zucker unterrühren. Die Eigelbe mit der Stärke verrühren und die heiße Milch nach und nach unterrühren. Alles in den Topf zurückgeben und unter ständigem Rühren erhitzen, bis die Creme andickt. Mit Folie bedecken und die Puddingmasse auskühlen lassen. Anschließend die weiche Butter und das Vanillemark nach und nach untermixen.
4. Den dunklen Boden auf eine Platte legen und mit der Hälfte der Ganache bestreichen. Darauf den hellen Schokoladenboden geben und mit der übrigen Ganache bestreichen. Den hellen Boden auflegen und die Torte ringsum mit der Buttercreme einstreichen. Die Schokoladen-Schichttorte vor dem Servieren noch mindestens 3 Stunden kühl stellen.

Als die Herren eintraten, stand Jane nicht länger im Mittelpunkt ..., aber Bingleys Begrüßung blieb überschwänglich und voller Wärme. *Er war voller Freude und Aufmerksamkeit. Die erste halbe Stunde verbrachte er mit dem Richten des Feuers,* damit sie nicht unter dem Umzug in einen anderen Raum litte, und *sie setzte sich auf seine Bitte an die andere Seite des Kamins,* um weiter entfernt von der Tür zu sein. Er setzte sich zu ihr und sprach mit kaum jemandem außer ihr. Elizabeth, die sich am anderen Ende des Raumes aufhielt, sah es mit größtem Entzücken.
Als die Teezeit zu Ende war, erinnerte Mr. Hurst seine Schwägerin an den Kartentisch, doch umsonst. Sie hatte vertraulich erfahren, *dass Mr. Darcy keine Lust auf das Kartenspiel hatte,* und so Mr. Hursts unverhohlene Bitte abgelehnt. Sie versicherte ihm, dass niemand zu spielen beabsichtigte, und das Schweigen der Anwesenden in dieser Angelegenheit schien ihr Recht zu geben. Mr. Hurst hatte daher nichts zu tun als sich auf einem der Sofas auszustrecken und einzuschlafen. Darcy nahm sich ein Buch, Miss Bingley tat es ihm nach; und Mrs. Hurst, die vorwiegend damit beschäftigt war, mit ihren Armbändern und Ringen zu spielen, beteiligte sich hin und wieder am Gespräch ihres Bruders mit Miss Bennet.

STOLZ & VORURTEIL

Wärmendes

FÜR

kalte Tage

Bratapfel-Auflauf

MIT BUTTERSTREUSELN

ZUBEREITUNGSZEIT: 30 MINUTEN — **BACKZEIT:** 1 STUNDE
SCHWIERIGKEITSGRAD: LEICHT

ZUTATEN
FÜR CA. 8 STÜCKE

Für die Äpfel
3 EL gehackte Mandeln
8 kleine Äpfel
3 EL Zitronensaft
75–100 g Marzipanrohmasse
1–2 EL Rum
20 g Butter

Für die Streusel
75 g Butter
150 g Mehl
75 g Zucker
1 Eigelb

Für die Quarkmasse
3 Eier
100 g Zucker
1 EL Vanillezucker
1 Pck. Vanillepuddingpulver
1 TL Weichweizengrieß (optional)
500 g Magerquark
1 Eiweiß
Puderzucker zum Bestäuben

1. Für die Äpfel die gehackten Mandeln in einer Pfanne ohne Fett rösten. Die Äpfel waschen und die Kerngehäuse ausstechen. Das Fruchtfleisch innen mit dem Zitronensaft beträufeln.
2. Den Backofen auf 180 °C Ober-/Unterhitze vorheizen. Das Marzipan grob reiben, mit dem Rum und den gerösteten Mandeln verkneten. Die Mischung in die Äpfel füllen. Eine ofenfeste Form (ca. 24 cm) einfetten und die gefüllten Äpfel nebeneinander hineinsetzen. Mit Butterflöckchen belegen und im Ofen auf der mittleren Schiene ca. 15 Minuten backen.
3. Inzwischen für die Streusel die Butter, das Mehl, den Zucker und das Eigelb mit den Fingern zu Streuseln kneten.
4. Für die Quarkmasse die Eier trennen. Die Eigelbe mit dem Zucker und dem Vanillezucker cremig rühren. Das Puddingpulver, nach Belieben den Grieß und den Quark untermischen. Die vier Eiweiße zu einem steifen Schnee schlagen und unter die Quarkmasse heben.
5. Die Äpfel aus dem Ofen nehmen. Zuerst die Quarkmasse, dann die Streusel darauf verteilen. Den Auflauf wieder in den Ofen stellen und 40–45 Minuten fertig backen. Mit Puderzucker bestäuben.

Mini-Apple-Pies

MIT CRANBERRYS

ZUBEREITUNGSZEIT: 50 MINUTEN — **KÜHLZEIT**: CA. 1 STUNDE
BACK- UND GARZEIT: CA. 40 MINUTEN — **SCHWIERIGKEITSGRAD**: MITTEL

ZUTATEN
FÜR 6 STÜCK

Für den Teig
250 g Weizenmehl + etwas zum Arbeiten
2 TL Zucker
1 Prise Salz
150 g kalte Butter + etwas für die Formen
1 Ei

Außerdem
6 kleine Äpfel
2 TL Zitronensaft
1 EL Butter
4 EL Zucker (oder nach Geschmack)
½ TL Zimt
2 EL flüssige Butter
Schmand und Honig zum Servieren (optional)

Außerdem
6 runde Mini-Pie-Formen (6–8 cm, am besten mit dem Durchmesser der Äpfel)

1. Für den Teig das Mehl sieben und mit dem Zucker und dem Salz vermengen. Die Butter in kleinen Stücken dazugeben und mit den Händen zu Bröseln verarbeiten. Das Ei hinzufügen und alles zu einem glatten Teig verkneten. Als Kugel in Frischhaltefolie einschlagen und im Kühlschrank ca. 1 Stunde kaltstellen.
2. Den Backofen auf 180 °C Ober-/Unterhitze vorheizen. Die Mini-Pie-Formen buttern. Den Teig auf bemehlter Fläche 2–3 mm dick ausrollen und rund, etwas größer als die Formen, ausstechen. Die Formen mit dem Teig auskleiden und im Ofen ca. 15 Minuten vorbacken. Abkühlen lassen und aus den Formen lösen.
3. Die Äpfel waschen und unter dem oberen Drittel waagerecht durchschneiden. Die Schnittflächen der Oberteile mit dem Zitronensaft bestreichen. Die Unterteile schälen, entkernen und würfeln.
4. Die Butter in einem Topf erhitzen, die Apfelwürfel und den Zucker dazugeben und unter gelegentlichem Rühren 3–4 Minuten anschwitzen. Mit dem Zimt würzen und in die vorgebackenen Teigböden füllen. Die Apfel-Oberteile aufsetzen und mit der flüssigen Butter bestreichen. Im Ofen ca. 20 Minuten fertig backen. Nach Belieben mit Honig gesüßten Schmand dazu servieren.

Arme Ritter

MIT SCHOKOLADE, MANDELN UND EIS

ZUBEREITUNGSZEIT: 20 MINUTEN — **GARZEIT**: CA. 10 MINUTEN
SCHWIERIGKEITSGRAD: LEICHT

ZUTATEN
FÜR 4 PERSONEN

70 g Schokolade, Vollmilch oder Zartbitter
8 dünne Scheiben Weißbrot oder Toastbrot
3 Eier (M)
1–2 EL Zucker
ca. 250 ml Milch
3 EL Butter
4 Kugeln Vanilleeis
4 EL geröstete Mandelblättchen

1. Die Schokolade grob hacken und über einem heißen Wasserbad schmelzen, dann abkühlen lassen, bis die Schokolade gerade noch streichfähig ist.
2. Vier Brotscheiben auslegen und mit der Schokolade bestreichen, dabei einen Rand frei lassen. Die übrigen Brotscheiben auflegen und andrücken. Die Eier mit dem Zucker und der Milch in einer flachen Schale verquirlen. Die Brote vorsichtig von beiden Seiten in der Eiermilch wenden und etwas abtropfen lassen.
3. In einer großen Pfanne die Butter erhitzen und die armen Ritter darin auf beiden Seiten in jeweils 3–4 Minuten goldbraun ausbacken. Nach Belieben einmal durchtrennen und auf Tellern anrichten. Jeweils eine Kugel Vanilleeis daneben setzen, alles mit gerösteten Mandelblättchen bestreuen und servieren.

BELGISCHE Zuckerwaffeln MIT CHOCOLATE CHIPS UND HONIG

ZUBEREITUNGSZEIT: 50 MINUTEN — **KÜHLZEIT**: CA. 1 STUNDE
BACK- UND GARZEIT: CA. 40 MINUTEN — **SCHWIERIGKEITSGRAD**: MITTEL

ZUTATEN
FÜR 4 PERSONEN

Für die Waffeln
100 g Mehl
150 ml Sahne
2 Eigelb
1 Msp. Vanillemark
1 EL Vanillezucker
30 g flüssige Butter
1 Msp. Bio-Zitronenabrieb
3 Eiweiß
1 Prise Salz
60 g Hagelzucker
Butterschmalz für das Waffeleisen

Zum Servieren
4–6 EL Honig
2 EL Chocolate Chips

Außerdem
Waffeleisen für belgische Waffeln

1. Das Mehl in eine Schüssel sieben. Sahne, Eigelbe, Vanillemark, Vanillezucker, Butter und Zitronenabrieb unterrühren. Die Eiweiße mit dem Salz steif schlagen und vorsichtig unterziehen. Zuletzt den Hagelzucker in den Teig einarbeiten.
2. Das Waffeleisen (für belgische Waffeln) vorheizen und leicht mit Butterschmalz einfetten. Jeweils 1–2 EL Teig hineingeben und die Waffeln nacheinander goldbraun 3–4 Minuten ausbacken. Nach Belieben im Ofen bei 80° C Umluft warmhalten, bis alle gebacken sind.
3. Auf Teller stapeln, mit Honig beträufeln und mit Chocolate Chips garniert servieren.

Schokoladenkuchen

MIT FLÜSSIGEM KERN

ZUBEREITUNGSZEIT: 20 MINUTEN — **BACKZEIT**: CA. 10 MINUTEN
SCHWIERIGKEITSGRAD: LEICHT

ZUTATEN
FÜR 6 PERSONEN

Für die Kuchen
100 g Vollmilchkuvertüre
100 g Zartbitterkuvertüre
200 g Butter
6 Eier
100 g Zucker
100 g Mehl
Butter und Semmelbrösel für die Formen
Puderzucker zum Bestäuben

Außerdem
6 Soufflé-Förmchen

1. Den Backofen auf 200 °C Ober-/Unterhitze vorheizen.
2. Die beiden Kuvertüren mit der Butter im Wasserbad schmelzen. Die Eier mit dem Zucker schaumig aufschlagen. Langsam die Schoko-Butter unterziehen und dann das Mehl unterheben.
3. Die Soufflé-Förmchen buttern und mit Semmelbröseln ausstreuen. Die Schokoladenmasse einfüllen und für ca. 7 Minuten backen. Die Küchlein sollen oben eine leichte Kruste bekommen, sich aber noch sehr weich anfühlen. Die Schokoladenküchlein dann kurz abkühlen lassen und mit Puderzucker bestäubt servieren.

HEIẞER Apfelglühwein

MIT GEWÜRZEN, HONIG UND ORANGENSCHALE

ZUBEREITUNGSZEIT: CA. 10 MINUTEN — **ZIEHZEIT**: CA. 10 MINUTEN
SCHWIERIGKEITSGRAD: LEICHT

ZUTATEN
FÜR 4 TEEGLÄSER À 250 ML

500 ml trockener Weißwein
300 ml naturtrüber Apfelsaft
4 Zimtstangen
2 Sternanis
2–3 EL Honig
1 Bio-Orange
4 cl Calvados

1. Den Wein mit dem Apfelsaft und den Gewürzen in einen Topf geben und mit Honig süßen. Die Orange waschen und mit einem Messer dünn schälen. Die Orange auspressen und den Saft mit der Schale zur Weinmischung geben. Erhitzen und 10 Minuten ziehen lassen.
2. Den Calvados einrühren, mit den Gewürzen und der Orangenschale auf Teegläser (ca. 250 ml) verteilen und servieren.

Jeder hat bei Geräuschen ebenso wie bei anderen Dingen seinen eigenen Geschmack, und Geräusche sind völlig harmlos oder höchst peinigend – eher aufgrund ihres Charakters als ihrer Lautstärke. Als Lady Russell nicht lange danach an einem verregneten Nachmittag in Bath ankam und durch die langen Straßen zwischen Old Bridge und Camden Place fuhr – mitten unter den Geräuschen vorbeieilender Kutschen, dem schweren Rumpeln von Karren und Wagen, dem Geschrei der Zeitungsverkäufer, der Semmelverkäufer und Milchmänner und dem endlosen Klappern von Holzschuhen –, beschwerte sie sich nicht.
Nein, dies waren die Geräusche, die zu den Vergnügungen des Winters gehörten. Ihre Laune hob sich unter diesem Einfluss, und wie Mrs. Musgrove fühlte sie, auch wenn sie es nicht laut äußerte, dass nach einem langen Aufenthalt auf dem Land nichts so guttat wie ein wenig friedliche Heiterkeit.

ÜBERREDUNG

Ich habe die harten Bodenfröste der letzten Woche sehr genossen und bin an einem der Frosttage ganz allein nach Deane gelaufen. Ich erinnere mich nicht, so etwas jemals zuvor getan zu haben.

**JANE AUSTEN AN IHRE SCHWESTER CASSANDRA,
18. DEZEMBER 1798**

WINTERLICHER Orangentee

ZUBEREITUNGSZEIT: CA. 10 MINUTEN — **GARZEIT:** CA. 2 MINUTEN
SCHWIERIGKEITSGRAD: LEICHT

ZUTATEN
FÜR 4 PERSONEN

1 Bio-Orange
1 Bio-Zitrone
1 EL loser schwarzer Tee
4–5 Gewürznelken
1 Stück Zimtstange
2 EL Honig (oder nach Geschmack)

1. Die Orange und die Zitrone heiß waschen, trocken tupfen und in Scheiben schneiden. Den Tee in ein Tee-Ei geben und in einer Kanne mit den Gewürznelken mit 1,5 l kochendem Wasser überbrühen. Den Tee auf ca. 80 °C abkühlen lassen und das Tee-Ei wieder entfernen.
2. Die Zitrusfrüchtescheiben und die Zimtstange zufügen und alles noch kurz ziehen lassen. Den Tee mit Honig süßen und servieren.

Eggnog

MIT MUSKAT

ZUBEREITUNGSZEIT: CA. 15 MINUTEN — **GARZEIT**: CA. 15 MINUTEN
SCHWIERIGKEITSGRAD: LEICHT

ZUTATEN
FÜR 4 PERSONEN

6 Eigelb
ca. 60 g Puderzucker
125 ml Whiskey
400 ml Milch
200 ml Sahne
1 Vanilleschote
geriebene Muskatnuss

1. Die Eigelbe mit dem Puderzucker in einer Metallschüssel über einem heißen Wasserbad weißschaumig schlagen. Den Whiskey zugeben und weiterschlagen, bis die Masse cremig andickt (nicht zu heiß werden lassen).
2. In der Zwischenzeit die Milch mit der Sahne, der aufgeschlitzten Vanilleschote und 1–2 Prisen Muskat zum Kochen bringen. Etwa 10 Minuten ziehen lassen. Die Vanilleschote wieder entfernen und die Sahne-Milch unter weiterem Rühren langsam in die Eimasse fließen lassen.
3. Die Mischung in Henkelgläser füllen, etwas Muskatnuss frisch darüber reiben und den Eggnog servieren.

WEIßE heiße Schokolade MIT ZUCKERSTANGEN

ZUBEREITUNGSZEIT: CA. 10 MINUTEN — **SCHWIERIGKEITSGRAD:** LEICHT

ZUTATEN
FÜR 4 PERSONEN

600 ml Milch
1 Vanilleschote
150 g weiße Schokolade
pinke Lebensmittelfarbe
120 ml Sahne
bunte Zuckerstreusel, z.B. rot oder rosa
Zuckerstangen

1. Die Milch mit der aufgeschlitzten Vanilleschote aufkochen lassen und von der Hitze nehmen. Die Schokolade hacken und unter die heiße Milch rühren. Die Vanilleschote wieder entfernen, die heiße Schokolade je nach gewünschter Farbintensitiät rosa einfärben und die Schokomilch in 4 Gläser füllen.
2. Die Sahne steif schlagen und in einen Spritzbeutel mit gezackter Tülle füllen. Auf die Gläser verteilen und jeweils mit bunten Zuckerstreuseln und Zuckerstangen garniert servieren.

Fanny merkte, dass sie Anklang fand, und das Bewusstsein, gut auszusehen, ließ sie noch schöner aussehen. Aus verschiedenen Gründen war sie glücklich, und sie wurde bald noch glücklicher, denn als sie ihren Tanten aus dem Zimmer folgte, sagte Edmund, der die Tür aufhielt, zu ihr: „Du musst mit mir tanzen, Fanny; Du musst zwei Tänze für mich reservieren, ganz egal welche, mit Ausnahme der ersten beiden." Mehr konnte sie sich nicht wünschen. *Sie war in ihrem Leben noch nie in solch ausgelassener Stimmung gewesen. Die frühere Fröhlichkeit ihrer Kusinen am Tag eines Balls überraschte sie nicht mehr*; sie fand das Gefühl tatsächlich sehr angenehm und übte sogar ihre Schritte im Salon so lange sie sicher sein konnte, dass es ihrer Tante Norris verborgen bliebe, die zunächst voll und ganz damit beschäftigt war, das stattliche Feuer, das der Butler vorbereitet hatte, neu zu arrangieren und dabei zu ruinieren. ...
Die Gentlemen gesellten sich zu ihnen; und kurz darauf begann das süße Warten auf eine Kutsche, *während sich ein allgemeines Gefühl der Leichtigkeit und Freude* verbreitete; und sie standen alle herum, unterhielten sich und lachten, und *jeder Moment hatte sein Vergnügen und seine Hoffnung.*

MANSFIELD PARK

Oh, meine liebe Miss Dashwood!", rief Mrs. Palmer kurz darauf. „Ich muss Sie und ihre Schwester um einen großen Gefallen bitten. *Wollen Sie diese Weihnachten nicht einige Zeit nach Cleveland kommen?* Ich bitte Sie – kommen Sie, wenn die Westons bei uns sind. Sie können sich nicht vorstellen, wie glücklich mich das machen würde. Es wird so herrlich sein! – Mein Lieber", wandte sie sich an ihren Ehemann, „sehnst du dich nicht auch danach, dass die Miss Dashwood nach Cleveland kommen?"
„Ganz sicher", antwortete er spöttisch. „Ich bin nur deshalb nach Devonshire gekommen."
„Sehen Sie", sagte seine Gemahlin, „Mr. Palmer erwartet Sie, wie Sie sehen; Sie können die Einladung also nicht ablehnen."
Beide lehnten die Einladung nachdrücklich und sehr entschieden ab.

VERSTAND UND GEFÜHL

Sandwiches & Herzhaftes

Sandwich

MIT GURKE UND EI

ZUBEREITUNGSZEIT: CA. 35 MINUTEN — **KÜHLZEIT**: CA. 3 STUNDEN
GARZEIT: CA. 10 MINUTEN — **SCHWIERIGKEITSGRAD**: LEICHT

ZUTATEN
FÜR 15 STÜCK

½ kleine Gurke
Salz
3 EL Reisessig
1 ½ EL Zucker
2 TL gerösteter Sesam
6 Eier (L)
4 Wachteleier (optional)
5 EL Mayonnaise
Pfeffer aus der Mühle
10 Scheiben Weißbrot oder Toastbrot

1. Die Gurke waschen, putzen und in feine Scheiben schneiden. Mit 1 TL Salz bestreuen und ca. 5 Minuten Wasser ziehen lassen, dann die Gurkenscheiben kalt abspülen und trocken tupfen. Den Reisessig mit dem Zucker und 1 Prise Salz verrühren, die Gurken dazugeben und ca. 3 Stunden kühl durchziehen lassen.
2. Die Gurkenscheiben abtropfen lassen und mit dem Sesam vermischen. Die Eier in Wasser in 8–10 Minuten hart kochen, abschrecken und abkühlen lassen. Die Wachteleier ca. 3 Minuten kochen, abschrecken und abkühlen lassen.
3. Die großen Eier pellen, halbieren, das Eigelb auslösen und in eine Schüssel geben. Das Eiweiß grob hacken. Die Eigelbe in einer Schüssel mit einer Gabel fein zerdrücken, mit 3 EL Mayonnaise verrühren und leicht pfeffern. Das Eiweiß mit der übrigen Mayonnaise verrühren, zu der Eigelbmischung geben und die Eiercreme mit Salz und Pfeffer abschmecken. Die Wachteleier pellen und vierteln.
4. Die Brotscheiben entrinden und jeweils in drei Streifen schneiden. Die Hälfte der Streifen mit der Eiercreme bestreichen und jeweils ¼ Wachtelei auflegen. Mit den Gurkenscheiben belegen und die Sandwiches mit den übrigen Brotstreifen zusammensetzen.

Ihre gute Freundin sah, dass Marianne unglücklich war, und fand, dass sie alles tun müsse, um sie weniger unglücklich zu machen. Sie behandelte sie daher mit all der nachsichtigen Zuneigung einer Mutter gegenüber deren Lieblingskind an seinem letzten Ferientag. Marianne musste den besten Platz am Feuer haben, alle Köstlichkeiten des Hauses mussten ihr schmackhaft gemacht werden und sie musste unterhalten werden, indem sie ihr alle Neuigkeiten des Tages erzählte. Hätte das traurige Gesicht ihrer Schwester nicht aller Heiterkeit Einhalt geboten, hätte sich Elinor gut unterhalten gefühlt durch *Mrs. Jennings' Bemühungen, Liebeskummer mit einer Auswahl an Konfekt und Oliven und einem guten Feuer zu kurieren.*

VERSTAND UND GEFÜHL

Ihr müsst in Godmersham mehr Schnee gehabt haben als wir; am Mittwochmorgen gab es eine dünne Schneedecke auf den Feldern und Hausdächern, aber ich glaube nicht, dass am nächsten Tag noch irgendetwas davon übrig war. Jeder, der Southampton kennt, sagt, *dass Schnee dort nie länger als vierundzwanzig Stunden liegt,* und das entspricht genau dem, was wir selbst beobachten konnten.

JANE AUSTEN AN IHRE SCHWESTER CASSANDRA,
20. FEBRUAR 1807

GEGRILLTE TUNA-MELT-Sandwiches

ZUBEREITUNGSZEIT: CA. 20 MINUTEN
GARZEIT: CA. 10 MINUTEN — **SCHWIERIGKEITSGRAD:** LEICHT

ZUTATEN
FÜR 4 PERSONEN

4 Frühlingszwiebeln
2 Stängel Staudensellerie
4 Gewürzgurken
240 g Thunfisch im eigenen Saft (Dose)
2 EL Schnittlauchröllchen
4 EL Mayonnaise
Salz und Pfeffer aus der Mühle
2 Prisen geräuchertes Paprikapulver
8 Scheiben Weißbrot oder Toastbrot
8 Scheiben Käse, z.B. Emmentaler, Gouda
ca. 50 g weiche Butter zum Bestreichen

1. Die Frühlingszwiebeln und den Sellerie waschen, putzen und beides fein würfeln. Die Gurken längs in feine Scheiben schneiden. Den Thunfisch abtropfen lassen, mit einer Gabel klein zerzupfen und in eine Schüssel geben. Frühlingszwiebeln, Sellerie, Schnittlauch und Mayonnaise dazugeben. Alles mit Salz, Pfeffer und 2 Prisen geräuchertem Paprikapulver würzen und gut vermischen.
2. Die Hälfte der Brotscheiben auf einer Arbeitsfläche auslegen und mit der Thunfischcreme bestreichen. Mit den Gurken- und je 2 Käsescheiben belegen. Mit den übrigen Brotscheiben zu Sandwiches zusammensetzen und auf der Oberseite mit Butter bestreichen.
3. Eine große Pfanne oder Grillpfanne erhitzen. Die Sandwiches mit der gebutterten Seite nach unten einlegen und goldbraun grillen oder braten. Dann die Oberseiten ebenfalls mit Butter bestreichen, wenden und ebenso braten, bis das Brot leicht gebräunt ist und der Käse zu schmelzen beginnt. Die Sandwiches nach Belieben diagonal halbieren, auf Tellern anrichten und sofort servieren.

Crostini

MIT RÄUCHERFISCH-CREME UND RADIESCHEN

ZUBEREITUNGSZEIT: CA. 25 MINUTEN — **SCHWIERIGKEITSGRAD**: LEICHT

ZUTATEN
FÜR 4 PERSONEN

1 Räucherforelle
1 hart gekochtes Ei
2 Frühlingszwiebeln, der grüne Teil
½ rote Zwiebel
3 EL Mayonnaise
2 EL Joghurt
1 EL Olivenöl
1 TL Zitronensaft
Salz und Pfeffer aus der Mühle
6 Scheiben Zwiebelbrot, alternativ normales Brot
3–4 Radieschen
Zitronenspalten zum Servieren

1. Die Forelle häuten, filetieren und das Forellenfilet zerzupfen. Das Ei pellen und klein würfeln. Die Frühlingszwiebeln waschen, putzen und in feine Ringe schneiden. Die rote Zwiebel schälen und in hauchdünne Streifen schneiden.
2. Die Forelle, das Ei, die Hälfte der Frühlingszwiebeln und die rote Zwiebel mit der Mayonnaise, dem Joghurt, dem Olivenöl und dem Zitronensaft vermengen. Mit Salz und Pfeffer abschmecken.
3. Das Brot halbieren und toasten. Die Radieschen waschen, halbieren und in Scheiben schneiden. Die Fischcreme auf dem Brot verteilen. Mit den restlichen Frühlingszwiebelringen bestreuen und mit den Radieschen garnieren. Mit Zitronenspalten servieren.

Cracker

MIT STILTON-KÄSECREME UND GETROCKNETEN PFIFFERLINGEN

ZUBEREITUNGSZEIT: CA. 40 MINUTEN — **KÜHLZEIT**: CA. 30 MINUTEN
GARZEIT: CA. 15 MINUTEN — **SCHWIERIGKEITSGRAD**: LEICHT

ZUTATEN
FÜR CA. 30 STÜCK

Für die Cracker
250 g Mehl + etwas zum Arbeiten
75 g geriebener Parmesan
2 Eigelb
½ TL gemahlener Kümmel
½ TL Salz
1 Msp. Cayennepfeffer
150 g Butter
3 EL Milch

Für die Käsecreme
10 g getrocknete Pfifferlinge
100 g Stilton oder anderer Blauschimmelkäse, bei Zimmertemperatur
150 g Frischkäse
Salz und Pfeffer aus der Mühle

Außerdem
runder Ausstecher mit gewelltem Rand

1. Für die Cracker das Mehl mit dem Parmesan auf die Arbeitsplatte häufen. In der Mitte eine Mulde bilden und die Eigelbe mit dem Kümmel, dem Salz und dem Cayennepfeffer in die Mitte geben. Auf den Rand Butter in Stücken streuen und von der Mitte aus rasch zu einem glatten Mürbeteig kneten. Nach Bedarf noch etwas Wasser oder Mehl ergänzen. In Frischhaltefolie gewickelt 30 Minuten in den Kühlschrank legen.
2. Den Backofen auf 180 °C Ober-/Unterhitze vorheizen. Ein Backblech mit Backpapier belegen.
3. Den Teig auf bemehlter Arbeitsfläche ca. 4 mm dünn auswellen und Plätzchen mit gewelltem Rand ausstechen. Auf das Blech legen, ein Lochmuster einstechen und mit der Milch bepinseln. Im Ofen ca. 15 Minuten goldbraun backen. Vorsichtig vom Blech nehmen und auskühlen lassen.
4. Für die Käsecreme die Pfifferlinge sehr klein schneiden. Den Blauschimmelkäse mit der Gabel zerdrücken und zusammen mit dem Frischkäse und den Pilzen zu einer Käsecreme verarbeiten. Mit Salz und Pfeffer abschmecken.

REGISTER